ユーカリの木の蔭で

北村薫

本の雑誌社

ユーカリの木の蔭で

動作

シュペルヴィエル
訳／安藤元雄

その馬はうしろを振り向いて
誰もまだ見たことのないものを見た。
それからユーカリの木の蔭で
牧草をまた食べ続けた。

それは人間でも樹でもなく
また牝馬でもなかったのだ。
葉むらの上にざわめいた
風のなごりでもなかったのだ。

それは　もう一頭の或る馬が、
二万世紀もの昔のこと、
不意にうしろを振り向いた
ちょうどそのときに見たものだった。

そうしてそれはもはや誰ひとり
人間も　馬も　魚も　昆虫も
二度と見ないに違いないものだった。　大地が
腕も　脚も　首も欠け落ちた
彫像の残骸にすぎなくなるときまで。

ユーカリの木の蔭で　目次

動作　2
猫は鳴く　12
美しいこと　15
これも誰ゆえ桜姫　18
《これも》と《それも》　21
芝居の花　24
ツルゲーネフの真理　27
散文詩の待ち伏せ　30
西と東　33
カキツバタ　36
多加志と比呂志　39
本の力　42

新橋と札幌　45
七月のつらら　48
校正の妖精　51
アンソニー・パーキンス　54
死んでもいい　57
イタリア事件と『江戸宵闇妖鉤爪《えどのやみあやしのかぎづめ》』　60
闇の戦慄　63
春の器　66
日本橋　69
冥利が悪い　72
機知の戦い　75
伝説の主　78
いわずもがな――か？　81
妥当な読み　84
様々な読み　87

楽園　90
実験精神　94
杉浦日向子が　97
「なり」と「なり」　100
ふれ合ふ音　103
あっといわせる辞典　106
雄弁なる鰻重　109
おかわり君、ありがとう。　112
ことの起こり　115
早呑み込み　118
消えた掌編　121
《日、南、》の謎　124
コッキョウ　127
吉行淳之介を御存知でしょう　130
鷗外の筆　133

クスリ、クダモノすぐ送れ　136
談志の遺産　139

北村薫のベスト3（2001〜2019年度）　142

思わぬところで坪内逍遥　166
動かぬことば　169
山中の美女　172
旦那は迷惑　175
活字にならない話　178
小林秀雄語る　181
驀進する桂郎　184
五十六年後　187
ソクラテスの「よし来た」　190
『名作』を作る目　193

道筋はさまざま　196
『赤い部屋』と「赤い部屋」　199
ソルボンヌで落語　202
瓜二つ、三つ、そして　205
桂米朝の島田荘司体験　208
蚊　211
帯のいたずら　214
「ダメ」にしたのは誰か　217
書き言葉、話し言葉　220
鵜呑みにしない　223
帯の波紋（承前）　226
ポケットの中　229
それなのに、ねえ　232
遠い日のテレビ　235
晋バカ大将　238

イギリスの与太郎　241
金冬心　244
黒板の文字　247
居留守の返り討ち　250
蜘蛛の饗宴　253
歴史は繰り返す　256
懐かしい名　259
伏字　262
黒と薄紅　265
シンガポールの桜　268
何が本論か　271
サイデンステッカーと落語　274
あとがき　279

装丁・山田英春
装画・建石修志

ユーカリの木の蔭で

猫は鳴く

『フェルメールの音　音楽の彼方にあるものに』梅津時比古著（東京書籍）に、こんな一節があった。

《「君たちにはあの猫の声が聞こえないのかい」と、バルトークは家族と知人に毒づいたという。晩年、亡命先の米国・ヴァーモントで、可愛がっていた猫の行方が分からなくなったときだ。バルトークの導くままに家族がついていくと、遠く離れた森の木の枝の上で、確かに猫が鳴いていた。》

文章は、こう続く。《普通には聞こえないさまざまな音を、彼は管楽器や弦、ピアノ、打楽器などの色合いを混ぜ合わせ、微妙な音色の差のなかに描いた。森に迷い込んだ猫の声だけでなく、森や土が発する不思議な音、そこに住む動物や人に流れる血の音、そして、死の音。》

静かな美しさに満ちたこの本のここでは、バルトークの音楽の特質について語られる。それを読みつつ、わたしは一方で、《普通には聞こえない》響きを聞き取り、表現するというのは、まさに梅津氏自身が行っていることだな——と、思った。音楽に耳を傾け、絵画に目をやり、文章を読む。そこから、何をつかんでくるかは人によって違う。だから、面白い。

遠い森の枝で鳴く、か細い猫の声を聞き取る。それは、ありそうもない神秘的挿話である。だが、バルトークの心という受信機は、送信を受けざるを得ないほど強く、猫に向かっていたわけだ。こういう神秘は、優れた鑑賞者の文章を読む時、常に感じさせられるものだ。梅津氏の注により、この挿話の出典をあげる。『バルトーク晩年の悲劇』ファセット著　野水瑞穂訳（みすず書房）にあるそうだ。

さて、この話において失踪するのは、実際どうであったかを別にして、やはり猫であってほしい。うちの猫など、よく上を向き両手両足を広げ、何の心配もなさそうに熟睡している。ふざけて《ゆず（というのが名前である）は、寝食を忘れて寝ているね》などといったりもする。神秘のかけらもないが、一般的な《猫》のイメージになら、人知を越えた怪しさがつきまとうからだ。

先日、このゆずと一緒にＮＨＫ、ＢＳ２の『ペット相談』という番組に出た。専門医に、猫の健康についての疑問を聞いてもらえる。ゆずは背中の一部に堅い毛玉ができた。皮膚に異変でもあったのかと心配した。しかし、《太り過ぎですね》という、飼い主も共にどきりとする回答。猫といえば、体の柔らかいものの代名詞だ。しかし、うちのゆずは肥満のため、毛づくろいの時、手や足や口が、背中のある一点に届かなくなったらしい。人間が、その箇所をほぐし、時々、指で毛づくろいしてやればいいわけだ。ゆずとしては内心、《人の手も借りたい》と思っていたのだろう。《にい》と鳴かれても、そうとは聞き取れなかった。わたしの方は、神秘的伝達を受けられなかったわけだ。

美しいこと

必要があって、岩波文庫の戦前版『あしなが　おぢさん』（遠藤壽子訳）を読んだ。戦争中は、出版不許可となった本である。

同じ訳者、同じ文庫の戦後版と、ほぼ同じだが、それでも微妙に違うところはある。

女主人公、ヂルーシャが、《ついこの頃發見した或る内證のこと》を《おぢさん》に告げる場面がある。曰く、

——あたしは美しいのよ。

思春期の少女の躍る心を伝える、それ自体、美しい場面だ。彼女は、この手紙の差出人を《ある友より》とする。そして、最後にこう付け加える。まず、訳者が手を入れた戦後版を示す。

——P・S・　この手紙は、よく小説などに出てくる意地悪な匿名の手紙の一つで

す。

一方、戦前版は、こうなっている。

――P・S・　これは、よく小説などに出てくるいけない匿名の手紙なのよ。

並べてみると、《手紙》という語の繰り返しのない原型の方が、むしろ、こなれている。《いけない》という言葉の選択も巧みだ。しかし、手を入れた理由が、まさにそこから見えてくる。つまり、戦前版の彼女の言葉には《狎《な》れ》があり過ぎるのだ。《あたしは美しいのよ。／本當にさうなのよ。お部屋の三つの鏡に映してそれが解らないなら、あたしは大變なお馬鹿さんでせう》といった後だけに、ここでは冷静にならなければいけない。おそらく、原文にもそういった調子があるに違いない。感情と知性の、この絶妙なコントロールが作品の命なのだ。

最初の訳では、勢いに乗り過ぎてしまった。つまり、上気した頬のままで、ものをいってしまった。――訳者はそう考えたのだろう。

さて、《美しい》といえば、『世にも美しい数学入門』藤原正彦／小川洋子（ちくまプリマー新書）では、数学のどこが、人の心を動かすかについて語られる。いうまでもなかろう。《美しさ》だ。

ギルーシャもまた、大学で数学を学ぶ。そして、書く。

——あたしの今教はつてるものをおきき下さい。

「正角錐臺の側面積は、兩底面の周の和と斜高の乘積の二分の一に等し。」

これは信じられないやうでせう、でも眞實なんです——あたし證明出來ます。

正角錐の全側面をイメージすれば、三角形の総和になるのは明らかだ。となれば、こうなるのは当たり前——である。しかし、考えてみなければ茫洋としている何かに、規律正しい法則性のあることを知り、若いヂルーシャの心は動いたのだ。

そこでこの一文は、次のようにも翻訳出来る。

——あたしは今、美しいことを教わっていますのよ。

これも誰ゆえ桜姫

この夏は、《学生時代から録音して来た何百本かのテープを、ＭＤにコピーする》という作業に没頭していた。テープは劣化する。音を残しておきたければ、ダビングするしかない。それは知っていた。しかし、大仕事なので、なかなか作業にとりかかれなかった。

大量の音源はパソコンを使って整理する——のが現代人のやることらしい。しかし、わたしはパソコンには触らない。ＭＤに移すまでが精一杯だった。そんな作業をしていると、大掃除をしていて、思わぬところから懐かしいものが出て来るように、《へぇー、この音がここに残っていたのか》と驚く。

新派の代表的な演目に、川口松太郎の『鶴八鶴次郎』がある。この大詰めの四幕二場で、花柳章太郎扮する鶴次郎は、《これも誰ゆえ桜姫……か》とつぶやく。わたしは、そう記憶していた。実際の芝居は観ていなかった。三十年ほど前には、ラジオの早朝番組で、昔の名人芸を聞かせてくれたものだ。そこで聞いた――と思っていた。

鶴次郎は愛する鶴八のために、自らの身を滅ぼす道を選ぶ。そこで、ぽつりと口にするこの一言が、たまらなくよかった。古今亭志ん生も、《昔、清水寺の清玄という偉いお坊さんも、桜姫に迷った》などと、枕に使っている。昔は、テレビのコメディ番組に、このことが説明なしで出てきたりもした。《女ゆえに……》という時、《桜姫》がぽつんと出て来るのは、ごく自然なのだ。花があって、哀れがある。鶴次郎という人間が、いかにも、この時いう言葉と思えた。

わたしは、桜姫ものの代表的作品、南北の『桜姫東文章』を、東京創元社の『名作歌舞伎全集』で読んではいた。そこにその台詞はなかった。だが、《生きるべきか死ぬべきか》といったレベルの、人口に膾炙《かいしゃ》した文句なのだろう――と推測することは出来た。そうとはっきり分かったのは、後年、戸板康二の『すばらしいセリフ』（ちくま文庫）を読んだ時である。以下のように書かれていた。

《清玄という坊主がいて、桜姫という美しい上﨟に迷い、破戒の罪で寺を追われ、破れ衣に破れ笠の流浪の果、庵《いおり》ですさんだ生活を送る。これが「桜姫の世界」として、歌舞伎の系譜になっている。（中略）この清玄の芝居は、しじゅう上演される演目で

もないのだが、たったひとつの名セリフのために、広く知られる。》

わくわくする紹介である。文は、こう続く。清玄が《桜姫の形見の赤地の振袖をしっかと抱きしめ、うつろな目でしぼり出すようにいうセリフである。「これも誰ゆえ桜姫」というのだ。》

ここに至り、歌舞伎の舞台と花柳章太郎のつぶやきが重なり劇的効果をあげるのだと、はっきり分かる。見事だ。ところがである。この重い一言が、あの菊池寛が絶賛したという原作、川口松太郎の小説『鶴八鶴次郎』にはない。——というところで以下次回。

《これも》と《それも》

さて前回、こう書いた。——新派の代表的演目のひとつ『鶴八鶴次郎』の大詰めで、かの花柳章太郎がぽつりとつぶやく一言、《これも誰ゆえ桜姫》が印象的だった、と。三十年ほど前、ラジオの早朝番組で昔の名舞台の録音を耳にし、記憶に残ったのである。

それから四、五年経ち、中村勘三郎（先代）の演じる鶴次郎を、テレビの舞台中継で観た。その時は、格別この台詞に気を付けていたわけではない。ところが、しばらく経って、花柳のつぶやきを思い出してしまった。そうなると、中村屋がこの一言をいったかどうか、気になった。だが、あえて調べもしなかった。

そして四、五年前、原作の小説『鶴八鶴次郎』を手に取り読んでみると、《これも誰ゆえ桜姫》がなかった。《はて、自分の記憶違いか》と、不安になった。このこと

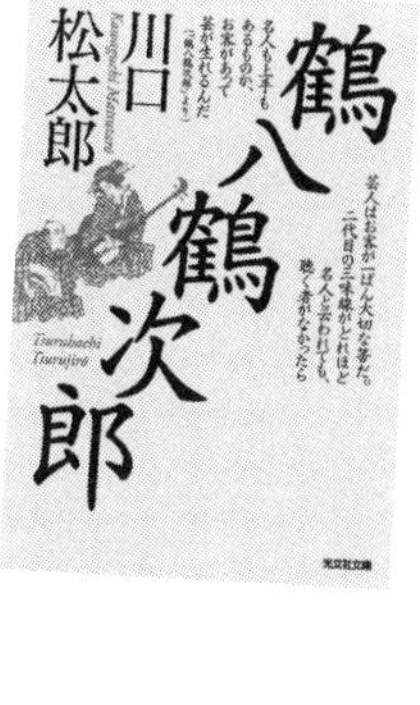

は『オール讀物』に連載した『詩歌の待ち伏せ』でも触れた。

そこで、今年の夏の話になる。

溜まっている何百本かのテープを整理していたら、問題のその録音が出て来たのだ。おそるおそる再生してみた。配役は、鶴八が水谷八重子、鶴次郎が花柳章太郎、佐兵衛が大矢市次郎という、まさに黄金のコンビ。大矢が《おいおいおい、いいのかよぉ、そんなに飲んで。昔はひとしずくもいけなかったくせによぉ》と、独特の渋い声で情け無さそうにいう。それに続けて、花柳がつぶやいた。

――これも誰ゆえ桜姫、か。

これです、これ。一回、聞いたら忘れられない。自分の記憶が正しかったと知って、実に嬉しかった。前回の繰り返しになるので、詳しくは述べないが、これは歌舞伎の《桜姫もの》の中の台詞だ。動かせない一語というのはある。鶴次郎には、まさにこうつぶやいてほしい。これは脚色の際、川口松太郎が加えたものか、それとも花柳章太郎が入れたのか――そんなことを考えていると何とも楽しくなる。

折よく三越劇場で、波乃久里子、風間杜夫の『鶴八鶴次郎』をやっていると夕刊に出ていた。実際の舞台では、まだ、観ていなかった。《天の配剤、これは嬉しい》と出掛けてみて、改めてよく出来た芝居だと感心した。当時の外国映画『ボレロ』を下敷きにしたというが、そうと聞いても驚くばかりだ。実に見事に川口松太郎の世界になっている。ただ、わたしの行った時の鶴次郎は、酒を飲むようになったといわれ、《それも誰ゆえ桜姫》と受けていた。前回、書いた通り、戸板康二によれば、これは、当時、広く知られていた名台詞である。思わずもらす《独り言》の引用だ。その孤独が胸を打つ。となれば、そのまま《これも誰ゆえ》といってもらいたい。

　花柳のつぶやきが、今も舞台で生きている、と確認出来たのは嬉しい。だが、その辺りのことはどうなっているのか——というところで、またも次回に続く。

芝居の花

前回の続きである。

川口松太郎の代表作の一つに、『鶴八鶴次郎』がある。これが新派の舞台にかけられる時、原作の《小説》にはない、魅力的な台詞が輝きを見せる。

――これも誰ゆえ桜姫。

である。

歌舞伎の名文句の引用だ。以前は、世に幅広く知られていたものだという。鶴次郎が、自分の思いを、この言葉に二重写しにさせる。

わたしは、これを三十年ほど前、花柳章太郎の舞台の録音で聴き、細かいことを知る前に、何より感覚的に、《実にいい》と思った。落魄感、悲哀の情が胸に迫り、それでいて花がある。

ところが、この夏、三越劇場で観た時の鶴次郎は、《それも誰ゆえ――》といっていた。《こ》と《そ》は、わずかに一字の違いである。台詞の流れとしては、《どうして、酒を飲むようになった》といわれて受ける場面だ。引用――と考えなければ、《それも》となるのが自然かも知れない。しかし、この言葉が輝くのも、原典を踏まえていればこそだ。となれば、どうあっても《これも》であってほしい。

本欄担当の編集の方に、《今まで、舞台ではどういわれて来たのだろう》と、語った。すると早速、松竹大谷図書館まで行き、新派の台本を調べて来て下さった。『鶴八鶴次郎』に関しては、平成十三年、昭和四十七年、同三十八年、同十八年のものがあった。どれも、この部分が《それも誰故桜姫》となっていた。最後に司書の方は年代不明の、どう見ても、昭和十八年以前と思える台本を出して来てくれた。それには、この台詞自体が存在していなかった――という話である。

昭和十八年以前といえば、同十三年の明治座における初演になる。芝居が作られていく過程の中で、この台詞が組み込まれたわけだ。川口松太郎の意志か、初演の鶴次郎役、花柳章太郎の考えか、それは分からない。

さて、台本上は、ずっと《それも》だ。心配になり花柳章太郎の録音を聴き返してみたが、間違いなかった。確かに《これも》といっている。担当の方は、わたしが気になっていた先代中村勘三郎の舞台も、確認して下さった。ビデオをお持ちの方に観ていただいたところ、《これも》だったという。

実に面白い。仮に台本が《それも誰故桜姫》になっていようと関係ない。実際、声に出す時には、花柳も中村屋も共に、

——これも誰ゆえ桜姫。

と、いう。まさに《動かせない言葉》なのだ。

時の流れと共に、こういう妙味も、次第に客席に伝わりにくくはなる。しかしながら、この一語が、失いたくない芝居の花であることだけは確かだろう。

ツルゲーネフの真理

『世にも美しい数学入門』藤原正彦／小川洋子（ちくまプリマー新書）に、マイナス一の二乗について語る、小川さんのこういう言葉があった。

《マイナスを二回かけると1になるということは、やっぱりちょっと受け入れがたい。マイナスを増やしていくと、正の数になるということですものね。》

わたしは、小学時代の算数も、中学から上の数学も大嫌いだった。まず、《計算》というのが面倒臭くてたまらなかった。しかし、

「分数をかけたら、答えの方が小さくなるの？　おかしいよ！　かけ算してるのに、小さくなるなんて！」

などという声に、惑わされはしなかった。あるいはマイナスとマイナスをかけて、どうしてプラスになるのかといった疑問は、全く抱かなかった。《かけ算》を《増や

すもの》とは思わなかったからである。

無論、小川さんの《マイナスを増やしていくと》というのも、《世間一般には、かけ算は増やすものというイメージがある。それにとらわれて、マイナスを増やしていく——といったように考えてしまうと》という意味だろう。

二かける三とは、二が三つ《ある》ということである。つまり、《かける》とは《それだけある》ということではないか。となれば、二に《三分の一をかける》とは、二が《三分の一だけある》ということだ。答えが減るのは、当たり前だ。

マイナスかけるマイナスとは、即ち、ないということが《ない状態がある》、つまり、なくはないのだから、どうしたってプラスになる。

わたしも、こういう論理の次元でなら、道理を考えることは出来た。しかし、それは数学を好きになることには繋がらなかった。だが、今、『博士の愛した数式』小川洋子（新潮社）や『世にも美しい数学入門』を読むと、数の法則の美しさに心を動かされる。

ツルゲーネフは、散文詩「真理と正義」の中で、《真理は幸福を得る道ではない》といい、それを示す譬えとして、こんな例を示す。

——激しい興奮と共に駆け込んで来た青年がいう。

《『すばらしい真理を見つけたのだ！　入射角は反射角に等し！　まだあるぞ。二点間の最短距離は、その二点を結ぶ直線上にあり！』――『そりゃ本当か！　おお、なんて幸福だ！』――青年たちは口ぐちにそう叫んで、感きわまってたがいに抱きあう！　どうです、さすがのあなたにも、こんな場面は考えられますまい。》『散文詩』神西清／池田健太郎訳（岩波文庫）

　ここでは数学的真理が、人間的な、血の通った感動から遠く離れたものの、分かりやすい例として引かれている。それが常識だったのだ。しかし、今のわたしには、この後、青年たちが静かな感動に包まれる場面もまた、容易に思い浮かべられる。

散文詩の待ち伏せ

二〇〇六年、『明治大正小品選』木股知史編著（おうふう）という本が出た。収めるところ六十六編。ページをめくれば、懐かしい箱を開いたような感じのする一冊だ。

巻頭は、大町桂月の「あだ形見」。蔵書について語るうち、『万葉集略解』二の巻中から現れた写真の主の思い出に至る。――そして最後を飾るのが、芥川龍之介の散文詩「横須賀小景」である。

読んでいくと、ツルゲーネフの「物乞」に行き当たった。前回、ツルゲーネフの散文詩に触れた。これは、その中でも最もよく、人に知られた作品だろう。上田敏の訳文集『みをつくし』から採られたという。

わたしは、学生時代、古書店で、戦前に出た新潮社の『世界文学全集第三十七巻

近代詩人集』を買った。まず一円を出して予約する、いわゆる《円本全集》で、出た部数が多いから、どこにでもある。古書価は限りなく安い。

数年前、いかにも商品知識のなさそうな古書店で、このシリーズの一冊を硝子ケースの中に入れ《非売品》と注記し、高い値をつけているのを見た。確かに奥付には《非売品》と書かれている。しかし、それは会員制の全集だからで、《円本》である証拠にほかならない。せめて売る側には、それぐらい知っておいてほしいものだ。

さて、この『近代詩人集』の「露西亜詩篇」にもツルゲーネフの「乞食」が載っている。今となっては、目にふれにくいであろう。訳者は米川正夫。いうまでもなく、先程の「物乞」と同じ作品である。

《わたしは通りを歩いてゐた……一人の乞食がわたしを止めた、よぼ〳〵の年寄り。》と始まる。その哀れな様子が詳述される。

何かを与えようとするが、ポケットを探っても何もない。《途方にくれたわたし》は乞食の手を握っていう。《『堪忍してくれ、兄弟、わたしはなんにも持つてゐないんだよ、兄弟。』》

すると相手は、《わたしの冷えた指を握りしめた。》

《『なに、兄弟、』と彼は口をもぐ〳〵させた。『それだけでもあり難いわけだよ——

これもやはり施しだからねえ、兄弟。』

わたしは悟つた――わたしも自分の兄弟から、施しを受けたのである。》

これは少年の頃、どこかで読むか聞くかした話だ、と思った。はっきりとはいえないのだが、そういう気がした。

一番広く知られているのは岩波文庫の神西清訳だろう。他にも古来、色々な方が、訳出されている。『明治大正小品選』で、思いがけず、上田敏のそれを読めて嬉しかった。

ちなみに、上田訳の最後の一行はこうだ。

この時われも亦賚《たまもの》うけたる心地ぞありし。

西と東

エラリー・クイーンといえば、世界本格ミステリを代表する作家だ。

この二人の（広く知られた話だが、クイーン名義の作品は、フレデリック・ダネイとマンフレッド・リーの合作によって書かれた）比較的初期の作に、『ギリシア棺の謎』がある。

わたしが、その厚い一冊を手に取ったのは、中学生か高校生かの頃だ。本文に入る前に、まず驚いた。目次が実に凝っていたのだ。

勿論、翻訳で読んだのだが、本来の形でいうなら、《1 Tomb　2 Hunt　3 Enigma……》という風に進んでいく。以下、これが《34》まで続き、終わったところで、頭の文字だけ拾って読み直すと、

——THE GREEK COFFIN MYSTERY BY ELLERY QUEEN——

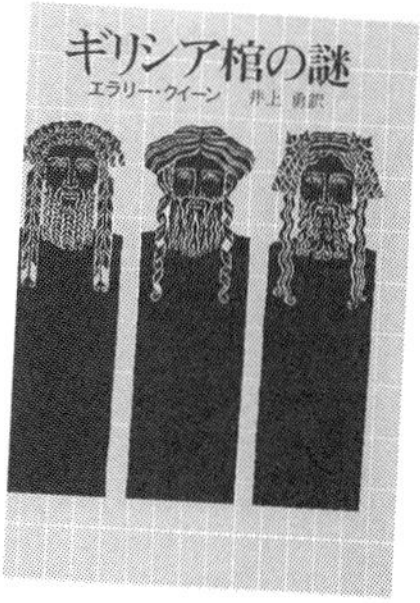

と、なるのだ。わたしは、これを見て大喜びしてしまった。

一方で、《他愛もない》と笑う人がいるかも知れない。そういう相手とは、野球でいえばリーグが違う、と考えるしかない。

ここには、仕掛けの喜びがあり、遊びの喜びがあり、思いがけないところから思いがけないものの見えて来る喜びがある。つまり、いかにも人間らしい心の動きがあるのだ。

そこで、突然、話がかわるが、『古書肆「したよし」の記』松山荘二（平凡社）という本がある。明治から昭和二十年代半ばまで、東京下谷御徒町にあった吉田書店について語っている。

吉田書店——下谷の吉田で通称「したよし」なのである。

当時の文化人達には、広く知られた店だったらしい。永井荷風が《俳書浄瑠璃本黄表紙洒落本なぞに明きは下谷御徒町の吉田なるべし》と書いている——という。常連客に誰がいたかを並べただけで、かなりの行数をとってしまう。とりあえず、勝海舟から高村光太郎といった名を引いておこう。

こう書いただけで、まことに興味深い本だと分かるだろう。著者の松山氏は、この古書肆の創業者、吉田吉五郎《きちごろう》の孫にあたる。

吉五郎のことを中国文学者の奥野信太郎が語っていう。《おしなべて本に対する知識ははなはだ豊かな人であったから、ここでつぶす一時間二時間によって、ぼくはどれほど本に対する愛情と知識とを得たことであったろう》。「江戸学」の祖といわれる三田村鳶魚が、この店に足を運ばない筈もない。吉五郎とは店主と客以上の関係であったという。

さて、エラリー・クイーンと、下谷御徒町の吉田書店が、一体、どう結び付くのかというところで、以下次回、と、あいなる。

カキツバタ

明治から戦後まもない頃まで、下谷御徒町にあった吉田書店。創業者、吉田吉五郎のことを中心に、その店のことを語るのが、『古書肆「したよし」の記』松山荘二（平凡社）だ。

永井荷風の「古本評判記」に、この店は《俳書浄瑠璃本黄表紙洒落本なぞに明きは下谷御徒町の吉田なるべし、主人咄しずきにて客をそらさず、鑑識なかなか高し》とあるそうだ。

その主人、吉五郎とのやり取りが、三田村鳶魚の膨大な日記に、丹念に記録されている。松山氏が、吉田書店について書けたのも、鳶魚の記録あったればこそだ――という。日記の明治四十五年、即ち大正元年八月八日に、こうある。

《○里子氏の談、柳樽三十三編開巻、各句の頭字、カキツバタ、カホヨバナ、ムカシ

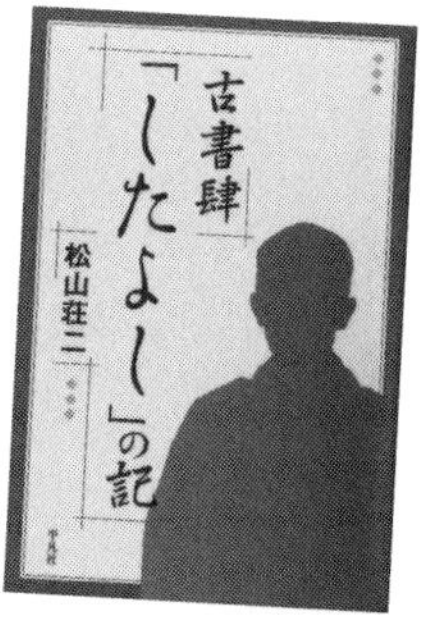

ヲトコ、ウタと読まる、故にたての歌横にして見りやかきつばたの一句を其処に収めたり》。

《里子》とは吉五郎の俳号だという。それにしても面白い。

これにより、《柳樽三十三編》を確かめようとして、例えば岩波文庫の『誹風柳多《はいふうやなぎだ》留《る》一〜三』を開いても、そこに《三十三編》はない。《二十四》までしか載っていない。百科事典を見ると、柳樽は、何と百六十七編まで刊行されたとある。一般的に顧みられるのは、初期のものだ。

だが、ここで《ふうーっ》と息をついて、あきらめてはいけない。実はこれ、《二、十三編》の誤記なのである。岩波文庫で間に合うのだ。

『三田村鳶魚全集　第二十五巻』の日記編でも《三十三》となっているから、松山氏の誤りではない。鳶魚がそう書いたのか、日記を活字化する段階でそうなったのかは、分からない。とにかく、人間がやる限り、起こっても不思議のないケアレスミスだ。

さて、《二十三編》の冒頭は、

かるはつみ被成ますなと目出たがり

そして、確かに、頭の一文字が次々に《カキツバタ……》と続いていく。そして、十八番目に、めでたく《たての哥横にして見りやかきつばた》がある。この句が、《鍵》とも《答え》ともいえよう。しかし、難解なものの代名詞ともいわれる江戸川柳だ。ここで分かって膝を打った人が、どれほどいるのか。

ともあれ、気づいた時の《おおっ！》という爽快感は想像出来る。だからこそ、吉五郎もそれを鳶魚に伝えたのだろう。

こうして見ると、ふと、《江戸時代に本格ミステリがあったら、どうだったろう》と思ってしまう。江戸人の頭はクイーン的に動く。ホームズは、英国よりも先に、公方様のお膝下で生まれていても、不思議ではなかったのだ。

多加志と比呂志

天満ふさこさんの『「星座」になった人　芥川龍之介次男・多加志の青春』（新潮社）を読んだ。

芥川三兄弟の一人、早世した多加志について調べた労作である。数十年前なら、関係者も多く残っていた。資料の掘り起こしも楽だったろう。しかし、この本は、以前でも以後でもなく、《この時に書かれた》ことに意味がある。時を逸すれば、多加志が命名したという回覧雑誌「星座」は消失していたかも知れない。しかし、探索が容易に進む時点で書かれていたら、これほどの熱を感じさせることは出来なかったろう。まさに、天が選んで執筆させた本といえよう。

本書には多加志の残した短編「四人」が収録されている。最後で、主人公俊一は豪雨の向こうへ消えて行く。そこを読んだ時、多加志は、父龍之介の自死した日、凄ま

じい雨が降っていたことを、誰かから聞いていたろうか――と、思った。

さて、多加志についての記録は少ない。

天満さんも書かれている通り、田端でその時代――といえば、すぐに浮かぶのは中井英夫だ。しかし、芥川比呂志を追悼する「紫いろの薔薇」には《次男の多加志さんとは同い齢で、同じ中里幼稚園へ通ったのに、どうしてか一緒に遊んだ記憶はない》と書かれている。その一方で、小学三年の長男比呂志に遊んでもらった思い出が克明に語られている。昭和三年のことだという。この部分が、なかなか面白いのだが、あまりに長くなる。それは『中井英夫全集［7］香りの時間』（東京創元社）の六〇六から七ページを読んでいただきたい。

お話かわって、昭和五年五月二十四日、今度は別の作家が、芥川家の《作家志望の子供》のことを、日記に書いている。実はわたしは、

……多加志のことなら、あそこにも出ていた。

と、思ってしまった。天満さんの本を読み終えたばかりだ。無理はなかろう。だが、違っていた。こうであった。

芥川さんの子供の話をかいておかう。長男はおやぢ似で中々鋭い頭で、作家志望

である。ところがこの十二?の小芥川曰く、僕もの書いたつてお父さんのやうなあんなケチなもの書きやしない。少なくとも菊池寛か久米正雄ぐらゐに書くんだ!
——多分おやぢが地下でこのちび野郎と憤つてることであらう。

長男のことだった。記したのは、野上弥生子。いうまでもなく、菊池も久米も当時の大流行作家であった。中井英夫によれば、芥川比呂志は中学生ともなれば《いかにも龍之介の遺児らしい才気と風貌を見せ始め、近寄りがたい存在になった》そうだ。

これは、それ以前の、微笑ましい生意気さを見せていた頃の話になる。

本の力

あることから、小国英雄が脚本を担当した映画を何本か続けて観た。さて、小国は戦前と戦後に『昨日消えた男』という、同題ながら内容の異なる脚本を書いている。その戦後版（一九六四年）は、徳川吉宗が推理マニアだったという話だ。冒頭で近習の者に色々な謎を出させて解いている。その中には、《面白いセンスだ》と思うものもある。

ところが、前回あげた『中井英夫全集［7］香りの時間』（東京創元社）六〇一ページ「奇妙な暗い洞」を読むと、こう書いてある。

鶴見俊輔の『私の地平線の上に』には《「最初の本『団子串助』再読」という章があって、そこを読むが早いか、俄かにさまざまな幼年時代の思い出が一種の安堵

感となり、音を立てて再び私の内部に流れこむ思いがしたほどである。
ことに身近に思えたのは、

あんま
ころす
もちや

の一節で、この物騒な看板の文句が、串助の引くたった一本の墨の線で、忽然と、

あん　ま
ころ　す
もち　や

に変ずるあの奇跡、そのおどろきがいきいきと書かれている

鶴見俊輔は、その箇所で《字をおぼえて読めるようになったばかりのこどもには、このくだりは、文字のあざやかなはたらきをてらしだす電撃的効果をもっていた》と語っている。もうお察しのことと思うが、戦後版『昨日消えた男』には、これがそのまま使われているのだ。昔は、こういうものを流用することが、当たり前に行われていた。ここでは、それを云々したいわけではない。

宮尾しげをは、岡本一平門下。日本の児童漫画の草分け的存在である。『串助』の物語は初期の代表作。大正年間、広く子供達の手に渡ったその『武者修行　団子串助漫遊記』の一場面が、所を別にして鶴見俊輔、中井英夫、小国英雄の胸に残った。同じ本を開いた日本中の多くの人々の心にも、強く刻まれたのであろう。そこから、本の持つ力を思うのだ。

『しげを漫画図鑑Ⅰ』（かのう書房）を開くと、作者の宮尾しげをは、同じ趣向を『風来国』という作品でも使っている。こちらでは、人々が《生きた雷が町で道場を開いた》と騒いでいる。行ってみると看板に《生田上成道場》と書いてある。《いきたかみなり》ではないよ、と主人公が笑い、《いくたじょうせい》と書き直してやる。

残念ながら、無理があるだけで機知はない。創作とは、まことに難しいものだ。

新橋と札幌

《新橋色》をご存じだろうか。

ある程度以上の年齢の方——または和服に関心のある方なら、《勿論》とおっしゃるだろう。わたしは一回、自分の小説の中で触れた。しかし、本で得た知識である。日常生活の中で、《シンバシイロ》という響きを耳にしたことはない。

どういう色かといえば、『大辞林』には《青みがかった薄緑》と書かれている。《明治末から大正期に新橋の芸者から流行した》そうだ。化学染料を使った鮮やかさが、昔の人には文字通り新鮮だったらしい。広く知られ、そして、名詞として今に残った。

このように地名がそのまま色の名となった例が、他にあるだろうか。

丸の内色、道頓堀色、フィレンツェ色、アルハンブラ色、サンクトペテルブルク色

——あったとすれば、どんなものか。人それぞれに思い浮かべられるだろう。お住まいの市町村名の後に《——色》と付けてみて、それを想像してもいい。所によっては、町の色が決まっていたりするのかも知れない。

さて、ここで話が変わる。わたしの知っているある方は、大学時代、《色のついた夢を見ます》といったら、先生に《そういう人は、精神に問題がある》と応じられ、驚いたそうだ。無論、嬉しい驚きではない。

どうかと思いますね。確かによくいわれることだが、白黒でない夢を見る人なら、周りに幾らでもいる。いうまでもない。わたしもそうだ。

夢の中で色を強く意識することがあるから断定出来る。山肌の青と雪の白の対比を強く感じたり、紅柄《べんがら》色の壁をじっと見つめたり、夏の草原の緑になごんだりする。ごく普通のことだ。

そこで——、《札幌色》をご存じだろうか。試しに『大辞林』を引いてみたが出ていない。《札幌医科大学》から《札幌大通公園》にとんでしまう。出来るものなら、北海道まで行って、現地の人に聞いてみたいものだ。

この色のことが、芥川龍之介の随筆に出て来る。《海水浴場に詩人のH・K君とめぐり合つた。H・K君は麦藁帽をかぶり、美しい紺色のマントを着てゐた。僕はその色に感心したから、「何色ですか?」と尋ねて見た。すると詩人は砂を見たまま、極めて無造作に返事をした。――「これですか? これは札幌色ですよ」》。

想像はおつきだろうが、この随筆の題は「夢」。芥川は、色のついた夢を見るし、むしろ、《色彩のない夢などと云ふものはあることも殆ど信ぜられない》という。

それにしても、彼の夢の中にのみあった色が、文に書かれることにより残ったのだ。儚いものが、宙にとどまる姿を見るような不思議な気がする。

なお、全集の注によれば《H・K君》は北原白秋。芥川ともなると、夢にまで注をつけられてしまう。やれやれ。

七月のつらら

英語には、《地獄の雪つぶてほどのチャンスもない》という言い方があるそうだ。業火燃え立つところだからか。さて、今回はその《七月の雪つぶて》ならぬ《七月号なのにつららの話》とあいなる。

某大学で話したことをまとめ、一冊の本にする機会があった。其の際、当然ながら、同じようなことは整理して、削った。

たとえば、小説などを読んでいると《これは元になる実体験があったのだろうな》と思わせられる箇所がある。そういう部分には、頭でひねり出したものとは明らかに違う手触りがある。これが、置くべき位置に置かれると、まことに見事な効果をあげる。表現者はそういう記憶を捨てずに抱えているものだ。話した時には、いくつもの実例をあげた。本にする時、ひとつに絞ったが、何とも勿体ない。後ろ髪が引かれる。

スティーヴン・ミルハウザーの『エドウィン・マルハウス』（岸本佐知子訳・白水社）は、帯の言葉を引けば《十一歳で死んだ天才少年作家の克明な伝記、しかも書いたのは同い年の親友！》という体裁をとっている。

この中の、エドウィン四歳の挿話が忘れ難いもののひとつだ。

エドウィンは、この冬、はかなくも美しいつららに《永遠》を与えようとする。選び抜いた《完璧な円錐形で、透明で、先がきれいに尖ってい》るそれを、冷凍庫にしまう。底に付着しそうになると、《恐ろしく慎重につららをはがし、素早くパラフィン紙の上に置いた》。

ところが、三日三晩の降雪の後、世界は見事なつららに飾られる。エドウィンは両親に、古いつららは捨てていいという。

《「もっといいのを見つけるから、もういらない」「やれやれ、助かったわ」》。

楽しい日々が過ぎ、雨が降り、春となる。

《エドウィンは、家の横のレンギョウが薄緑のつぼみをつけているのを見つけた》。カウボーイごっこの途中、彼はふとうずくまり、地面をみつめる。そして、《がばと立ち上がって植え込みから飛び出し（中略）勝手口の階段を駆け上がり、ドアを勢いよく開け、冷蔵庫まで走っていって冷凍庫の扉を開けた。（中略）「つらら！」彼は叫んだ。「僕のつららは？」（中略）「とっくの昔に捨てちゃったわよ。ママ訊いたでしょ、捨ててもいいかって。そしたらあなた――」しかしエドウィンは母親の言葉の途中で、わあっと激しく泣き出していた》。

大人であるなら、つい身についた知恵によって、美や願いや信仰や棄教や裏切りや、そういった様々な色の、意味の絵の具を塗りたくもなる。だがそれ以前に、ここにはごく純粋な、原初の哀しみがある。

まことにすばらしい場面だが、これを裏から支えているのが痛切な《実体験》のように思えてならない。作者にこれと同じか、あるいは類似の記憶があるのではなかろうか。

校正の妖精

文章中に、――昔なら活字の拾い間違い、今なら変換ミスで――思いがけない言葉が忽然と現れることがある。

わたしには、芥川の同題短編を取り上げた『六の宮の姫君』という作品がある。某雑誌が、筆者紹介欄にそれを書いてくださった。確認のため――と送られて来たファックスに眼をやり、思わず吹き出してしまった。こうなっていた。

――『六飲み屋の姫君』。

無論、訂正はしてもらった。しかし、ここまで来ると、むしろ儲けたようで、悪い気はしない。どういう姫君か、会ってみたい。

ところが笑えないミスを、ついこの間、犯してしまった。わたしの最新刊が『北村薫の創作表現講義』（新潮社）なのだが、この中に、寺山修司の有名な短歌、《マッチ

擦るつかのま海に霧ふかし身捨つるほどの祖国はありや》を引いた。

この本が、非常に注の多い本だった。そこで、ふと思ってしまった。

《みすつる》と音にした時、現代の若者は《見捨てる》ことと混同しないだろうか。これだけ注があるなら、歌意も添えておいた方が親切ではないか——と。

しかし、文字を見れば明らかなことである。難解とも思えない意味を、わざわざ記すなど、いかにも読者を馬鹿にしている。思いは、ただ心をかすめたままで、結局、そのままにしておいた。

校了の前日となった。そこで朝日新聞の読書欄を開いたら、『万華鏡 対訳寺山修司短歌集』(北星堂書店)という新刊書が紹介されていた。短い文中に、代表歌《マッチ擦る》とその英訳が引かれていた。

注にこれを入れれば、英訳の形で歌意を伝えられる。あわせて、『万華鏡』という魅力的な本の紹介にもなる。何より、明日で全てが終わるという時、心にかかっていたことの解決策が飛び込んで来ることの不思議さにうたれた。

早速、担当の編集さんに電話でわけを話し、《滑り込みで生かしてもらえないか》と頼んだ。そしてお互い、《ぎりぎりのところで、こういう巡り合いがあるのも縁でしょうねえ》と感嘆し合った。

さて、本が出来た。手に取って見て行き、《あっ！》と叫んでしまった。わざわざ《見捨つる》と思われたら嫌だからと、付したその注が、まさに《「見捨つるほどの祖国はありや」は「is there……」》——となっていた。

その部分だけは、改めてファックスしてもらい、眼も通していた。見ていたのに、全く見えなかった。ここのミスはわたしの責任である。担当の方に連絡すると愕然とし、それから一日落ち込んでいたという。

この話を、他の編集者にすると、たいてい共感してもらえる。ある人は、《そういう時には、活字の上に妖精がいて、見えないようにするんですよ》といった。

この欄には、妖精が現れないといいが。

アンソニー・パーキンス

この夏、テレビの番組欄に、昔の《化け猫物》映画が出ていた。小学生の頃、その手の漫画を知り異様な怖さを感じた。当時なら、どきどきしながらチャンネルを合わせたろう。今はそれほどの執着もなかったから、気が付くと放送時間が過ぎていた。

この映画は、主演の名女優が手を抜かぬ渾身の演技をして評判になったという。しかし、あまりにも印象が強過ぎ、以降、彼女は化け猫というレッテルの呪縛から逃れることが難しかったらしい。

――そこで反射的に連想するのが、アンソニー・パーキンスだ。《異常な男》ばかり演じていたようなイメージがある。

『サイコ・シャワー』ジャネット・リー／クリストファー・ニッケンス　藤原敏史訳（筑摩書房）は、とても面白い本だが、その中には、しかし、こう書かれている。

――（パーキンス）の役柄はとても広い範囲にわたっているのだ。（中略）彼がよく感情の複雑に入り組んだ人物を演じてきたというのは確かだが、しかし常軌を逸していたり気の狂ったりした人物を演じたのは、ノーマンを創造してからの約三十年のあいだでもほんの数えるほどしかない。

いうまでもないが、ノーマンとは『サイコ』の主人公である。

一方、同じ本の中で、パーキンスの妻ベリーは、『サイコ』以後、夫の役柄は決定的に狭められたという。彼に《本当に演じるのを好んだような役柄》は来なかった。《彼ほど役の類型に縛られてしまった人は他に思いつきません。あれほど過酷だったのはね》と語っている。

いずれにしても、パーキンス演ずるノーマン・ベイツが、映画史上に残る、忘れ難い人間像の一つであることは疑いない。

この本には、人に話したくなる挿話が多い。パーキンスの子が五歳の頃、家の向かいにも同じ年頃の子がいた。二軒は同じベビーシッターを頼んでいた。『サイコ』がテレビで放映された晩、《向かいのおじさん》の出ているこの映画を、ベビーシッターが見せたのだという。

パーキンスは、よく子供達を学校まで相乗りさせて連れて行った。ところが、翌朝から、向かいの子が恐怖の表情で泣いて拒否するようになった。皆、事情が分からず、首をかしげたそうだ。

また、パーキンスの子、エルヴィスはこう語っている。

――ぼくの友達はお父さんとおなじ家に住んだり、家でシャワーを浴びたりするのが怖いと思っていたみたいだな。

友達が擦り寄り、声をひそめて、

「ねえ、お父さんがアンソニー・パーキンスで、怖くないの？」

と聞く。そんな場面を想像すると妙におかしい。

死んでもいい

前回、アンソニー・パーキンスのことを書いたが、彼の映画に『死んでもいい』というのがあった。学生時代、題名だけ見て、うまいな——と思った。

かの二葉亭四迷が《愛してるわ》にあたる言葉を日本語に移す時、《死んでもいいわ》にした——というのは、翻訳史上よく語られる挿話である。そんなことは知らずとも、パーキンスの危うい印象と重なり、この題だけで破壊的な恋愛ものと分かる。

かなり後になって、この映画をテレビでやっているのに気づき、後半何分の一かを観た。すると、相思相愛の二人が死んでしまう。これには、がっかりした。『死んでもいい』といっておいて、そうなっては芸がない。関西でいうところの《マンマやんけ》になってしまう。せっかくの題名の妙が、説明に堕してしまう。残念だ。

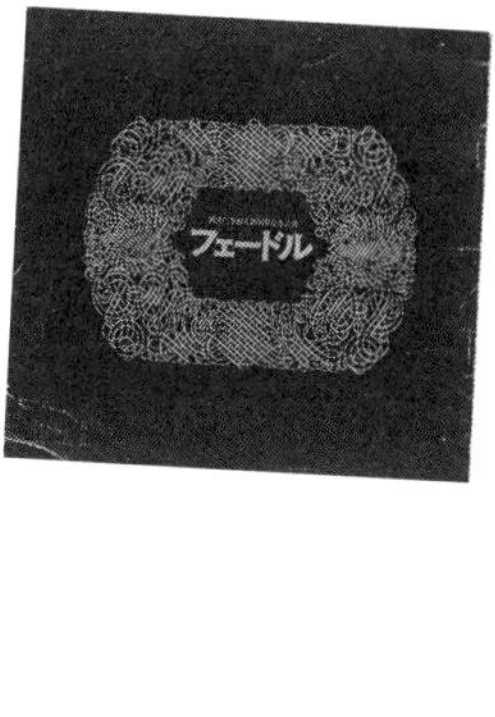

後で知ったのだが、この映画はギリシア神話のファイドラとヒッポリュトスの挿話

を下敷きにしているらしい。ファイドラは英雄テセウスの後妻。前妻の子ヒッポリュトスに道ならぬ恋心を抱く。悲劇の定型の一つといえよう。本朝でいえば、『摂州合邦辻』などがすぐ頭に浮かぶ。

このどうしようもなさが劇作家の創作意欲をくすぐるのだろう。ここから、エウリピデスが『ヒッポリュトス』を書いた。そして、十七世紀にはフランスのラシーヌが、代表作の一つ『フェードル』として蘇らせている。

今は昔、この難役フェードルを渡辺美佐子が演じると知り、《これは観逃せない！》と出掛けたことを覚えている。若き王子が北大路欣也だった。王を水島弘がやり、低いいい声を聞かせてくれた。

映画『死んでもいい』はギリシアが舞台で、ヒロインは、フェードラというそうだ。ギリシア語の読みだろう。ファイドラというのが古典的な響きで、こちらが現代的なものなのか、――それとも単に、同じ音の聞き取り方の相違なのかは、わたしには分からない。

前述の通り、わたしはまずこの映画のタイトルに魅かれたわけだ。小説の題には、なりふり構わぬ――という感じで、よろしくなかろう。ところが不思議なもので映画なら、花があってふさわしい気がする。――アンソニー・パーキンスで『死んでもいい』。いやあ、いいじゃないですか。

そこで、一体全体、原題は何だったのかと思った。調べたら、なーんだというか当然というか、こうなっていた。

――『フェードラ』

そっけないようだが、あちらでは元の神話が知られている。現代を舞台にしたドラマでこういうなら、どう料理するのかと思わせる。日本では通じない効果があるわけだ。しかし東は東、西は西――と、こちらでは、訳の芸を見せた人がいたわけだ。

最近の洋画は、原題をカタカナにしたままで公開されることが多い。現代ならこれも、『フェードラ』になったのだろうか。

イタリア事件と『江戸宵闇妖鉤爪《えどのやみあやしのかぎづめ》』

江戸川乱歩について、有栖川有栖さんと対談する機会があった。その催しに、市川染五郎さんもいらして語る。

「念願だった乱歩作品の歌舞伎化が実現したので、そのことを……」と、染五郎ファンのある方にお話しした。《エー、そうなんですか、じゃあ、会えるんですか！》と羨ましそうに叫んだ後、

「……実はわたし、染五郎さんについて、抱えてる謎があるんです」

「ほう？」

「染五郎さんが、ある雑誌の質問コーナーで、《自分のテーマソングは『イタリア』だ》とおっしゃってるんです。この曲が分からなくて——」

幾つか推論をあげられた。わたしは、

『『イタリア』で思い浮かぶのはメンデルスゾーンかな。出だしの音がはじけた瞬間、アルプスを越えたら明るいイタリアの沃野が眼下に広がっていた――って感じがして好きです」

などと勝手なことをいった。

そして、当日。――有栖川さんと一緒に控室にいると、わざわざ染五郎さんの方から、ご挨拶にいらしてくださった。折り目正しく、まことに爽やかな方である。これからトークがある。あわただしいときに失礼とは分かっていた。しかし、《今、聞かないと、気になることが残ってしまう》と思い、その《謎》についてうかがってしまった。

すると、染五郎さんは一瞬けげんそうな顔をして、すぐ微笑まれ、

「ああ、それは『スペイン』です。チック・コリアです」

と、おっしゃった。

うちに帰ってすぐ、例の方に連絡すると、まず絶句、続いて《うわー、すみませーん！》。雑誌を見返すと、確かに『スペイン』となっていたそうだ。

そそっかしい――と簡単に笑うことは出来ない。こういう思い込みはあるものだ。パスタを食べた後だったとか、何らかの心理的要因があったのかも知れない。とにか

く、一度『スペイン』を『イタリア』と記憶してしまう。そうなると、もう純粋な目で見られない。仮に読み返しても気が付かない。そういうものである。

さて、新作歌舞伎の舞台——乱歩の『人間豹』による『江戸宵闇妖鉤爪』を観て来た。これが、まことに、楽しかった。随所に、他の乱歩作品の影をもちらつかせ、ニヤリとさせてくれる。こういう遊び心が何とも嬉しい。

明智小五郎の登場では客席から笑いが聞こえた。これが決して悪い笑いではなかった。《やってるやってる》という意味の、形を変えた拍手である。趣向を共有する者の、連帯の意思表示だった。

歌舞伎ならではの異空間を作り、客席と一体化することに成功していたのだ。

——というところで、次回に続く。

闇の戦慄

江戸川乱歩の『人間豹』を原作とした新作歌舞伎、『江戸宵闇妖鉤爪』を観た。まことに面白かった。

乱歩の通俗長編には、《無垢の善人と見えたが、まこと正体は大悪人》という設定がよく使われる。意外過ぎて、納得出来ないことも多い。この《まこと正体は》――の、無理の精神が、いかにも歌舞伎的だ。

同時代の、道理のかなった筋を持つ小説が読まれなくなっても、江戸川乱歩は常に現役の作家であり続けた。理屈や道理を越えた影の部分に、永遠の命を持つ秘密が潜んでいるからだろう。

名脇役として知られた尾上多賀之丞は、里見弴との対談（『唇さむし』かまくら春秋社）で、《今は、その筋を観るお客が多いからね。芸を観ないで。筋を観たいんな

ら新劇がいい》といっている。今回、染五郎は、《筋》を越えた妙味に迫り得る、またとない素材を捕まえた。企画という名の捕物は大成功であろう。

個人的な好みを少々いえば、明智小五郎は私立探偵である。官憲の人ではない。捕物帳の主人公にも二つのタイプがある。同心や岡っ引きの場合と、旗本の次男坊などの場合である。明智は、後者であった方が、人物がより《大きく》なったと思う。また、せっかくの人間豹が、自分の立場を語り過ぎると、新劇めいた豹人間になるおそれはないか――と感じた。

ともあれ、乱歩作品中、江戸を舞台とする歌舞伎化第一作がこれだったのは、選ぶべき果実が選ばれたような気がする。

捕物帳の嚆矢にして最高峰といえば、岡本綺堂の『半七捕物帳』である。名優の代名詞のごとき六代目が半七を愛し、何度か舞台で演じたことはいうまでもない。その一編、「歩兵の髪切り」中にこうある。

二年ほど前に西両国で豹の観世物を興行した事がありました。珍らしいので、いったんは流行りましたが、そう長くは続かないので、後には両国を引払って、諸方の宮地や寺内で興行したり、近在の秋祭りなぞへ持廻ったりしていました。その豹が逃げたと云うので、いろいろの噂が立っている。王子辺では子供が三人啖《く》い殺されたなぞと云う。

ちくま学芸文庫の『定本武江年表』（斎藤月岑・今井金吾校訂）の索引でも、江戸で《豹》といえば、このことが出て来る。《蘭人持渡る所といふ。身丈四尺余もあるべし。尾は三尺に余れり》。万延元年七月下旬から見世物となり、大勢の観客を集めた。《鶏・狗の類、生餌を食す》とある。その様も見せたのだろうか。

闇暗き幕末に、何と、こういう実例があった。当時の豹は、今のそれではない。まさに未知の獣、得体の知れぬ世界に繋がるものであったろう。万延年間の江戸で『江戸宵闇妖鉤爪』が上演されたなら、観客はおそらく、戦慄したに違いない。

春の器

窓の外に見える今年の若葉が、朝の陽を横から受けて、子供の持つカラーのビニール傘のように初々しく光っている。

この稿を書いているのは春も終わりという頃だが、活字になるのは夏の初めだろう。様々な職場で、新しい人生の道を歩み出した若者達は、もう仕事に慣れたろうか——というより《働く自分》という存在に慣れたろうか。

そう考えると、昨年読んだある本の一節が頭に浮かんで来る。岸本葉子さんが日常を記した『はたらくわたし』（成美堂出版）の中に、取材で出会った、ある方のことが書かれていた。奈良でカフェ、雑貨屋、小さなホテル、そしてレストランを開いている石村由起子さんについてだ。

おじゃましたのはレストランで、ホテルも一部見せていただいたが、石村さんのご本にある通りの気持ちのいい家具や雑貨や布物があしらわれ、心安らぐ空間だった。（中略）このお店で使っている器は、湯呑みにしても、石村さんが昔から、好きなものをみつけては、少しずつ集めてきたもの。

石村さんの実現していることは、たぶん少なからぬ女性の夢だと思う――と、岸本さんは書く。実際、取材スタッフの一人が、このようなお店を持ちたいと相談に来る人も多いのではないか――と問うと、石村さんは深く頷いたそうだ。

自分の心から愛する器を人に見せ、使ってもらい、それを職業とする。ここに、ひとつの理想的生活があるように思える。だが、石村さんは答えたという。

お店をオープンしてから、三分の二は割れました。

これが、《仕事をする》ということだと胸をつかれた。それなしにはすまないのだ。時として、最も大切なものを踏みにじられる。その苦しみの先に仕事がある。

本が好きな人が書店を開くということはあるだろう。だが、『出版人の萬葉集』（日本エディタースクール出版部）の中には、こういう短歌も収められている。

我ひとり店を守りつつ下痢せし日漫画本三冊万引きされぬ　金津十四尾

発売日の『少年ジャンプ』を平然と読みつくしゆく学生の群　堀中　周

喜劇的要素があるだけに、暗澹たる思いになる。岸本さんは石村さんの言葉を胸に刻み、書いた。わたしもまた、これを忘れられず、リレーのように引いた。

落語では、皿や茶碗を落として《割ったのかっ！》といわれ、《増えた……》と答えたりする。全国各地で働き始めた、新社会人の胸で多くの皿が割れていることだろう。だが、割られることにより増える何かもある。そう信じたい。

日本橋

『徒然草』第百十七段に、《良き友、三あり》と書かれている。ベスト・スリーの発表は下から行くものだ。気をもたせようと逆に書いてみる。

三位が《智恵ある友》、二位が《医師《くすし》》。なるほど。続けて栄光の一位が――《物くるゝ友》。――なるほど、なるほど。遠慮なく、こういい切れるところが凄い。

贈り物は、個人から個人にするものとは限らない。文藝春秋の読者プレゼントの品物選びを頼まれた。

編集部のI氏によれば、何人かの作家が、その人らしいものを選ぶのだ――という。一緒に神田に出掛け、文芸書の復刻版を買って来た。会社の会議室で広げ、釣り人が戦果を眺めるように見やった。

「鏡花本は綺麗でしょう?」

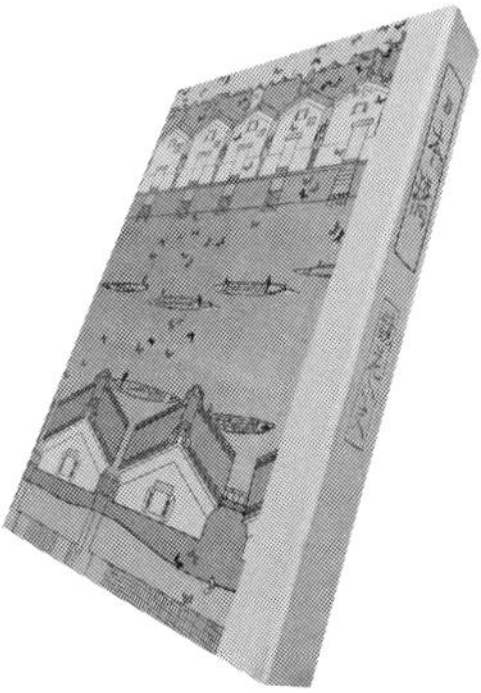

泉鏡花『日本橋』小村雪岱装丁
千章館 大正3年刊

「そうですねえ」

大正三年刊行の『日本橋』は、小村雪岱の絵に飾られて、まことに美しい。

そういえば、中学生の時、日本橋で《物くるゝ人》に出会ったことがある。当時は、まだ白木屋デパートというのがあった。友達と一緒に、埼玉の田舎から出掛け、そこの地下を歩いていたら、美しいお姉さんの二人組に話しかけられた。《どこから来たのか》というアンケートだった。答えたら、微笑みながら小さなプラスチックの小物入れをくれた。嬉しくなり、《白木屋をひいきにしよう》と思った。

それから半世紀ほど経ち、日本橋の別のデパート――三越本店のことを小説に書いた。入り口に置かれたライオン像には、《人に見られぬようにして跨がると願い事がかなう》という伝説がある。

I氏は、そのシリーズが『オール讀物』に連載された時、三越の取材に同行してくれた。戦前のことに詳しく、時代背景についても詳しく調べてくれた。浅草花やしきについて、あることが通説と違うと、当時の新聞を見比べ調べてくれた。

その作「獅子と地下鉄」を含む『鷺と雪』が、第百四十一回直木賞候補となった。Ｉ氏と共に、買って来た古書を五つの山に分けたその日、同じ文春の会議室で、幾つかの出版社から共同取材を受けた。

そして、選考会当日。幸い、良い結果が出て、多くの方から祝福していただいた。声をつまらせ涙ぐんでくださる方までいる。ありがたさが胸に満ちた。

「Ｉさんがね――」

という話を、受賞が決定してから聞いた。同僚の方が話してくれた。

「お昼を過ぎると、そわそわし始めて、《ちょっと――》といって席を立ったんです。帰って来ていうことには、日本橋の三越まで行って、――あのライオンをね、《かなえ、かなえ》と念じながら、触って来たんですって。――さすがに跨がれないから、一心に撫でて来たそうです」

わたしは、時を経て、また日本橋のデパートで、大きな大きなものを、いただいたのである。

冥利が悪い

松本清張生誕百年ということで、『駅路』の放映があった。三十年以上前、向田邦子が脚色したものが元になっている——という。そこにひかれて観た。そして驚いた。

定年を迎えた小塚貞一が帰らぬ旅に出る場面から始まる。彼が今後の生活を共にしようと思っていた福村慶子は、原作では、それ以前にあっけなく病没していた。これは、物語の必然である。詳しく筋をたどっている余裕はないが、そのことにより、短編「駅路」のテーマは、より鮮明に浮かび上がる。語られるのは、小塚の心情であり、空しさである。

しかし、テレビドラマの後半はそうならない。見事に、女達の劇になっていた。思わず、

「これって《向田邦子の『駅路』》だな」

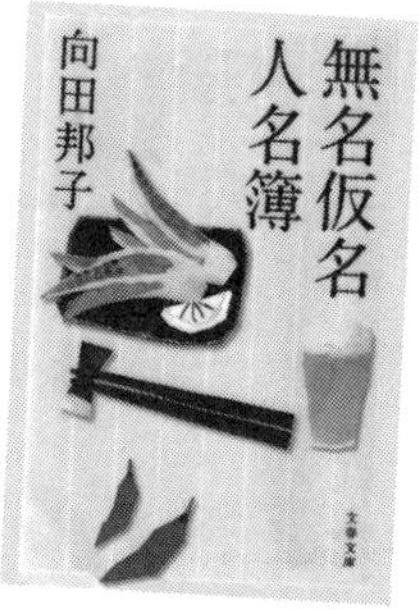

と、つぶやいてしまった。作者向田の真情が、ひしひしと伝わって来る。それだけにドラマを締めくくるのが、原作通りの刑事の感慨であることに、大きな違和感を感じた。《男にとって》という言葉が出る。女達のやり場のない思いを見つめて来た向田版の刑事なら、いい方は変わって来るだろう。《人間にとって》という視線になる筈だ。清張原作である。付け加えることは出来ても、変えることは難しかったのかも知れない。だが一方で脚色者には、すでにいうべきほどのことはいった——という思いもあったろう。

向田邦子のエッセーに、確かこんなのがあった。ビールが飲みたくなった。小さい缶では物足りない。しかし中《ちゅう》の缶を開けて残したら冥利が悪い。要するに、人としてすまないのである。

私事になるがうちの母も、流しから食器を洗った水が流れ出た時、前のどぶにご飯粒が見えたら主婦の恥だといっていた。食べ物を粗末に——しないのではない、出来ない。それが真っ当な人間だという常識が、以前はあった。

ことは《人》にとどまらない。『無名仮名人名簿』の中の「キャベツ猫」にはこんな一節がある。向田さんのうちの猫は品川巻が《欲しくて欲しくて取り乱してしまう》ほどの好物だったらしい。しかし、海苔だけ食べて煎餅を残してしまう。向田さんは《猫の分際で何という冥利の悪いことをするんだと、押えつけて口に押し込んだら、したたかに引っかかれて、その時の傷が鼻の頭にまだ残っている》。いい話だ。

いかにも、その人の脚色らしいところがある。捜査に向かう車中で、若い刑事が顔についた飯粒《めしつぶ》を床に捨てる。刑事は、小塚の心情について、こう説明する。ご飯粒を捨てるような世代には分からないだろう――と。

見返した時、ここで《ああ……》と思った。清張先生も無論、食べ物を粗末にしない世代の方である。しかし、このいい方に、《これは、わたしの物語よ》という女の――向田邦子の声を聞いたのである。

機知の戦い

落語家の柳家喬太郎さんと対談する機会があった。そこで、どうもすみません、と頭を下げた。

何のことか。以前、書いた小説の中に洒落をいう編集者を登場させた。それが発表されてしばらく経ってから、ある落語の雑誌を買った。お目当ては付録に付いているCD——柳家喬太郎の新作三題噺だ。うちに帰って、早速、聴いてみた。すると、わたしが編集者にいわせたのとほぼ同じ洒落が出て来る。

当然、雑誌の発行日を確認した。

——喬太郎さんの方が早い！

いかんなあ、と思い、すみません、となったわけだ。知っていたら書かないけれど、知らなければ書いてしまう。

ここで、ふと思い出した。わたしが小学生の頃、愛読した本に岩波文庫の関敬吾編『日本の昔ばなし（Ⅰ）～（Ⅲ）』がある。

小学校の図書館には、当然のことながら昔ばなしの本がある。それを読んで面白いと思った。そういう時、書店の文庫の棚を眺めていて、これを見つけた。子供の読む本とは違う。小さい活字で、物語がびっしり詰まっている。これは嬉しい。迷わず、小遣いをはたいて買ったわけだ。

忘れ難いものが幾つもある。他でも紹介したことがあるのだが、こんな頓知ばなしは印象深いもののひとつだ。

吉五は臼杵《うすき》新道に陣どって、臼杵の城下へ行く村の人たちに、「牛の鼻ぐり買うて来ちくり」とたのんだ。頼まれた村の人は、忙しいなかを荒物屋をのこらずたずねて廻るが、どこの店にも牛の鼻ぐりはなかった。（中略）ある日、吉五は飼い牛を引き出して、動けないように鼻ぐりを牛につけ、自分も歩けないほどかついで臼杵の町に行った。荒物屋は牛の鼻ぐり屋が来たので、残らず買ってしまった。吉五はふところをふくらませて家に帰った。けれども、それからは臼杵の城下には鼻ぐりをたずねるものは一人もなかった。九州の大阪商人といわれる臼杵商人も、吉五にはかなわなかったということである。

この機知を、たまらなく面白いと思った。ところがですね、時を経て『書林探訪――古書から読む現代――』紀田順一郎（松籟社）を読むと、こんなことが書いてある。

学生にとって本代は大きな負担であったが、小遣いに困ったときには頼りになる〝資産〟でもあった。（中略）こんなとき老獪な学生は、友人に頼んで売りたい本の書名を古本屋に吹き込ませる。「こんな本はないか。ぜひ欲しいんだが、いい本だよ」などと宣伝させておいてから、やおら乗り込めば三割方高く買ってもらえる。

現代の吉五ではないか！　ここを読んだ時、人間の考えることは、他の人間も考えるものだと、しみじみ思った。

伝説の主

『書林探訪―古書から読む現代―』紀田順一郎（松籟社）について前回書いた。こういう本を読むと、話の種になるようなことが次から次へと出て来る。

例えば、「落書きのユーモア」という文章中に《いわゆる落首の機知とユーモアには感心させられる。有名なものでは秀吉の聚楽第に何者かが「奢れるもの久しからず」と落書きしたところ、秀吉が「奢らずとても久しからず」と返書をしたためたという話がある。伝説半分としてもおもしろい》とある。

これを読むと思い出すのが、小林秀雄の「私の人生観」である。

諸行無常という言葉も、誤解されている様です。現代人だから誤解するのではない、昔から誤解されていた。「平家」にある様に「おごれる人も久しからず、唯春

の夜の夢の如し」」、そういう風に、つまり「盛者必衰のことわりを示す」ものと誤解されて来た。太田道灌が未だ若い頃、何事につけ心おごれる様があったのを、父親が苦が苦がしく思い、おごれる人も久しからず、と書いて与えたところが、道灌は、早速筆をとって、横に、おごらざる人も久しからず、と書いたという逸話があります。

ことわざとなった「奢る平家は久しからず」の場合は「平家は」となっている。こちらは明らかに因果応報を示す。山があるから崩れるわけで、《奢らぬ庶民》なら同じ状態が続く——といってもよい。

そこで、《しかし》といわれると、わたしなどは、ただもう驚き、「そうか、《おごれる人も》だもんなあ。改めてそう考えると、《春の夜の夢の如し》、《風の前の塵に同じ》も、響きが変わって来るよなあ」などと考えてしまう。小林は《この逸話は、次の様な事を語っている》と続ける。その論理は、簡単なものではない。

高見澤潤子は『兄　小林秀雄』で、ここを取り上げ、自分のしていた解釈、さらに神学者・大木英一の考えを紹介する。そのあたりはまさに、《読みが深いところに届く》とはどういうことかを示している。

ところで、わたしがここでいいたいのは、それほど深くはない。内容を考察する以前のことだ。――この秀吉と道灌のエピソードは、あまりに似ている。

逸話というのは、それが耳に入りやすい形に変わって行くものだろう。となれば、これはまず道灌のものではなかったのか。それから、より人気があり、広く知られ、栄華のイメージの似合う男――秀吉に向かって、物語が擦り寄って行ったのではないか。そして別人のものになれば、逸話も微妙に色合いを変える。

わたしは、それぞれの出典を知らない。しかし、秀吉の方のエピソードであったら、小林秀雄も《この逸話は、次の様な事を語っている》と、続けにくかったのではないか。

いわずもがな——か？

しばらく『書林探訪―古書から読む現代―』紀田順一郎（松籟社）の話が続いているが、その最後に「昭和戦前の車中風景」という一文が収められている。

満員電車の中で職人風の酔っ払いが騒いでいた——というのである。当時の文章に、下品で困る——という論調で紹介されていたのだ。男はこう《放言》する。

「デモコラシーの世の中だぞ。デモの見えたなご存知ないかだ」

紀田氏は、これを《秀逸である》という。無論、なぜそうなのかは語らない。いうまでもないから——である。

確かに当時は、誰にでもすぐピンと来た洒落だろう。しかし、いろは歌留多がすでに一般的なものではなくなった現代、《デモの見えたなご存知ない》が《芋の煮えたもご存じない》のパロディだと、打てば響くように分かる人がどれくらいいるだろう。若者といわず、戦後に育った人間には難しいのではないか。

『書痴半代記』岩佐東一郎（ウェッジ文庫）の中には、こんな一節がある。誰でも《面と向って、お前はバカだ、と云われたら腹を立てるだろう》、だが書痴は違う。そういわれても《僕なんかも書痴のはしくれに入るかなあ、などと内心うれしそうだ》。

どうして、人は書痴と云われても腹立てないで笑っているのかと調べたら、物の本に、書痴書痴アハハ、と出ていた（か、どうか、ちと怪しいが）。

ここでも、何の絵解きもない。当然である。自分で洒落の説明をするほど、間の抜けたことはない。気の抜けたサイダーを飲ませるような感じになる。

わたしは、この言葉は《ちょちちょち、あばば》と記憶していた。赤ん坊をあやす時に使う。だが、考えてみるとそうやってあやした記憶はない。ついでにいうなら、あやされた記憶もない（まあそうでしょう）。

ちょちちょち――といいながら手を拍《う》ち、あばば――と自分の口をたたく。改めて、

《どこでどうやって覚えたのか？》といわれると、まことに困る。こういうことは、いつの間にか頭に刷り込まれるものだ。

『日本国語大辞典』（小学館）には、《ちょうちちょうち　あわわ》《ちょちちょち　あわわ》《ちょち　あわわ》と、三つの項目がある。《ちょちちょち》とは《手打手打》の変化したものらしい。確か、『サザエさん』ではマスオさんがタラちゃんをあやしながら「貯金、貯金、水の泡わわ」とやっていた。

若者の無教養ぶりというのは、大昔から話題になる。だが、難しいことはさておき、生活の変化が激しくなると、こういった日常のありふれたことが分からなくなる。

古い人間からすれば、洒落の通じぬ世の中になるわけだ。通じないぐらいならいいが、あの人、何か妙なうわ言をいっている——と思われたら、ちょっと面倒かも知れない。

妥当な読み

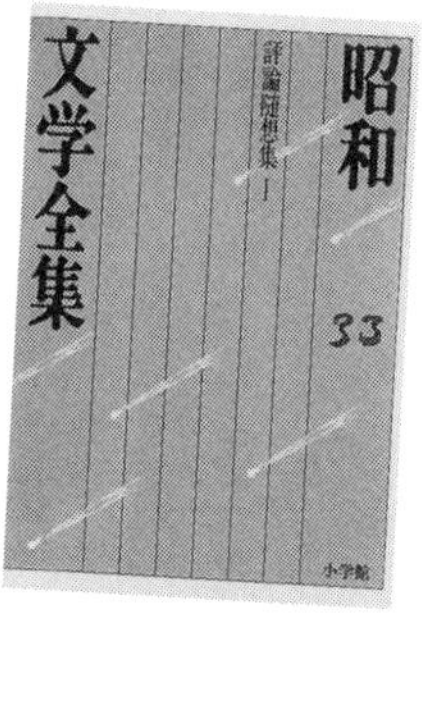

『昭和文学全集』（小学館）の『評論随想集』は、三段組二巻二千ページにも及ぶ大アンソロジーである。

三好達治の「朔太郎詩の一面」が、その冒頭に収められている。幾つかの例をあげ、萩原朔太郎の詩には、論理で説明のつかないところがある——と語る。そこに詩の《魔術》があるわけだ。納得出来る。

しかしながら、いの一番に「山に登る　旅よりある女に贈る」という作品を引いている。これには、首をかしげてしまう。

山の頂上にきれいな草むらがある、
その上でわたしたちは寝ころんでゐた。

眼をあげてとほい麓の方を眺めると、
いちめんにひろびろとした海の景色のやうにおもはれた。
空には風がながれてゐる、
おれは小石をひろつて口にあてながら、
どことといふあてもなしに、
ぼうぼうとした山の頂上をあるいてゐた。

おれはいまでも、お前のことを思つてゐるのだ。

朔太郎の詩は、高校時代に繰り返し読んだ。この最後の一行は、遠くから響く声のように記憶に残っている。全く矛盾なく、すらりと胸に入って来る。

だが、三好は書く。《山上に登ったのは「わたしたち」数人のピクニックか何かであって、そのうち「おれ」は草の上で雑談をするそのグループからこっそりひとり抜けだした——というのであろうか。》そう考えると、理に落ちる。《そっとしておくのが素直なこの詩の正しいうけとり方であろうか。結論はどうもそういうことになりそうであるが、それもやはり読者にとっては何かしら気がかりでなくはない。》

しかし、こんなことを読み手が考えるだろうか。素直に読めば、この《わたしたち》は《おれ》と《お前》だろう。前半に描かれているのは、二人で過ごした《きれいな》時の記憶、そのものである。実際に体験したのでもいいし、違っていてもいい。ただ、そのような二人であった――ということだ。

《空には風がながれてゐる》から、一転してこれが現実――過去に対する《今》となる。《ぼうぼうとした山》は、その心象風景である。一行あけ、この対比を受けての独白となる。この構成でなければ、描き得ない心情が、見事に浮かんで来る。

ほとんどの人はこう読む筈だ。その意味で、これが――妥当な読みというものだろう。ピクニックから抜け出した――などと考える人は、まずいないと思う。

詩人も作家も評論家も、妥当な読みをする必要はない。いうまでもないことをいうのは、紹介者の仕事だ。とはいえ、これを整合性のなさの例とするのは、いかにも無理である。（この項、続く）

様々な読み

前回、萩原朔太郎の「山に登る」という詩について、最も一般的と思われる解釈を記した。三好達治が、この詩について書いていることには頷けない。歪んだガラス越しに世界を見せられるような気がした。

そういえば朔太郎自身にも、奇妙な誤読の例がある。胸を張って、筋の通らないことをいっている。我々は、そこに《朔太郎》を読む。

いうまでもないが、《読み》について語る時、人は作品を語るわけではない、自分を語っている。有名な言葉を引くなら、美はそこにあるのではなく、見る眼にあるのだ。

さて、あるところで、この「山に登る」について話した。すると、某出版社でコミック誌の編集をしている都丸さんという方から、別の解釈が出た。とても面白かった

ので、ご了解を得て紹介する。

――「前半は《わたしたち》、後半では《おれ》と《お前》になっている。一人称が統一されていない。これは、相手が違うのではないか。《わたしたち》とは、《現在、付き合っている彼女と自分》ではないか。この一人称の差から、相手の女性像の違いが表れる」

思ってもいないところをつかれ、あっといってしまった。

ただ、これは《ある女に贈る》詩だ。わたしには、他者の介入する余地はないように思える。また、朔太郎詩の場合、一人称が替わる例なら他にもある。感情の必然によって、そうなる。以下のように。

わたしは獣《けだもの》のやうに靴をひきずり
あるひは悲しげなる部落をたづねて
だらしもなく、懶惰《らんだ》のおそろしい夢におぼれた。
ああ　浦！
もうぼくたちの別れをつげよう

(「沼澤地方」より抜粋)

「山に登る」において、《きれいな》過去の中にいる時は《わたしたち》――つまり、自分は《わたし》であり、《ぼうぼうとした山の頂上》で一人となった今の自分は《おれ》となる。この流れに、違和感はない。――これが、わたしの考えだ。

何人もの編集者に聞いてみたが、ほとんどの方は、前回、わたしのあげた《妥当な読み》をした。妥当とは、それがいい、という意味ではない。普通は、そうなってしまう――ということである。読みの価値は、妥当かどうかでは決まらない。

そこで、またひとつ、意外な解釈が出た。《わたしたち》とは《分裂している自分》ではないか――というのである。さらに、最後の《お前》すら自分のことではないか、と、いう意見だ。

実に創作的解釈だ。読みが冒険であることを如実に示している。

楽園

『日本童謡史』藤田圭雄《たまお》（あかね書房）を、ぱらぱらとめくっていたら、こんな作品と出会った。

エデン

楡花

イヴが
アダムに
云ひました。
「妾《あたし》はこの子の
母様《かあさま》よ

貴方《あなた》はこの子の
父様《とうさま》よ」

二人が坐つて
ままごとしてる
木蔭《こかげ》の蓙《ござ》は
涼しくありました。

ですのに
いつか
エデンにも
蛇が忍込んで
冷たい声で云ひました。
「やアいやアい
男と女《をなご》と
遊んでらア」

児童文学の世界では『赤い鳥』などと並んで、広く知られる雑誌『童話』の、大正十年十二月号に載った。いかにも大正らしい作——ともいえるだろう。

情景は、我々にはすぐ浮かぶ。だが、今はどうか。幼稚園児や小学生の間でもバレンタインのチョコレートが贈られるご時世だ。昔は、男の子と女の子が遊んでいる——というだけで、当然のように揶揄嘲笑の的となった。事情は、大きく違うだろう。

それでも、ここに描かれている空気は伝わると思う。世俗の側から楽園を覗く蛇の《冷たい声》は、冷たいながらも嫉妬のねっとりした熱を持つ。

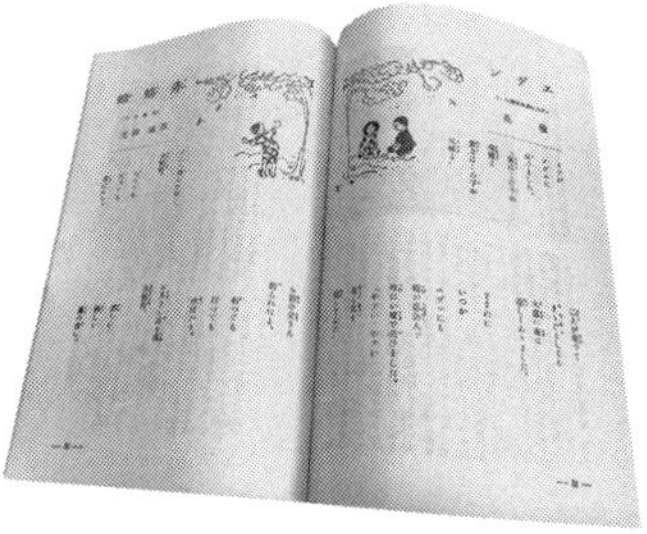

『童話』復刻版　岩崎書店1982年刊

わたしは、たまたまこの雑誌『童話』の復刻版を持っている。該当する号を開いてみたら、格段につまらない。文章は全く同じである。それなら何がいけないかというと、絵がついているのだ。悪い絵ではない。《木蔭の座》の上でままごとをしている二人を、もう一人がからかっている——という、そうとしか描きようのないものだ。

しかしこれは、言葉ですでに描かれている。それを、わざわざ絵で説明したことになる。二重になってうるさい。おまけに絵で縛って、世界を小さくしている。ただ、それだけのこと——にしてしまう。

ここに描かれているのは大正年間の子供達であり、同時に様々な意味でのエデンである。蛇は、聖書のそれであり、子供であり、また例えばイアーゴでもありというように、様々な色合いを見せる。

言葉という表現手段の魅力は、こういう広がりにあるといえよう。

実験精神

俵万智さんの『百人一酒』（文春文庫）は——酒の味が分からないわたしが読んでも、すこぶる面白いのだから——酒飲みにはたまらない本だろう。様々なエピソードが紹介されている。中に《シャトー・マルゴー・スペシャル・ディナー》という催しに招待された時のことが書かれていた。

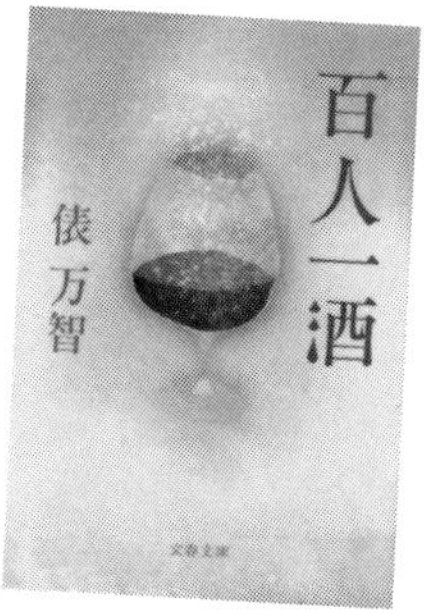

まずは89年のパヴィヨン・ブラン・デュ・シャトー・マルゴー、90年のパヴィヨン・ルージュ・デュ・シャトー・マルゴーが供される。（中略）これからえんえんと、マルゴー様の大行進が続くのだ。（中略）94年、90年、86年、82年、78年、61年……となる。この順序で、料理の進行に合わせて、ワインが運ばれてくる。

不案内な者には暗号のようだが、

――かなり特別なことらしい。

とは分かる。

同じシャトー・マルゴーでも、何年物かによって味わいが違う。《90年もスゴかったけど、82年はそれを上回ったなあ、それにしても61年のやわらかさといったら》

……といった具合。

そこで俵さんは、《強い誘惑にかられ》た。

「これ、全部まぜたら、どうなるんだろう」

この機会を逃したら二度と出来ない。やってみた結果は《何というか、拍子抜けするほどフラットな味だった》。

面白い話だ。「妙味とは個性のことである」と述べる時の、よい例となる。シャトー・マルゴーという素材が、聞く者を引き付ける。なるほど――と、納得させる。喩え話として、素晴らしい。何度も引くことになりそうだ。

だが、それより先に、わたしがまず共感したのは《まぜたい！》という、やむにやまれぬ衝動だ。

中学生の時、放課後の化学室に入ったことがある。先生はいない。その頃、授業でやっていたのは《四つの酸》であり、実験テーブルの上に、塩酸、硫酸、硝酸、酢酸の瓶が置かれていた。《この機会でなければ出来ないこと》を、わたしも考えた。

「全部まぜたら、どうなるんだろう」

結果は、かなり危険なことになった。真似してはいけない。しかしながら、これは、まことに人間らしい衝動ではないか。

そう思って、ある人に《マルゴー・ディナー》の話をし、「こういう状況になったら、どうしたいと思います?」と聞いた。——「全部、飲みたい」という答えだった。ただの願望だ。聞き方が悪かった。

酒のことなら、まず当欄担当の、うら若き女性編集者に聞くべきであった——と反省し、同じことを語り、

「千載一遇の機会なんですよ。次にどうなると思いますか」

美人編集者は、勇んで答えた。

「——はい。立てなくなりますっ!」

杉浦日向子が

また一年が始まった。昔はすぐ前を向けたが、暮れに自分よりお若い方の追悼文集を手にしたせいもあって、お別れしたあの人この人の姿が胸に浮かぶ。一昨年読んだ短歌が、このところ、しきりに思い出されるので、そのことを書く。

お江戸にも春は来たりて嫁菜など杉浦日向子が炊いてゐるのだ

梶原さい子さんの第二歌集『あふむけ』（砂子屋書房）に収められている。固有名詞――特に人名を歌の中に入れるのは難しい。同時代には理解されても、時が経てば意味の分からぬものになってしまう。そのタブーに果敢に挑戦したのが、藤原龍一郎であろう。《散華とはついにかえらぬあの春の岡田有希子のことなのだろう》などが

著名だ。

梶原さんの歌の中には、《杉浦日向子》が、どう動かしようもない存在として、そこにいる。《お江戸》とはこの場合、ここではないところ——彼岸の明るさを、《春》《嫁菜》、そして、あの忘れ難い笑顔と共に《日向子》の《ひな》が引き出す。

炊き込みご飯といえば、今はタケノコ、キノコ、クリが主流。一般家庭で菜飯を炊くことはまずなかろう。『目と耳と舌の冒険』は、都筑道夫先生の三冊をあげろといわれれば、必ず入れたくなる本だが、中でも「食道楽五十三次」における山藤章二氏との掛け合いが絶妙だ。山藤氏は、絵の中にこう書き込んでいる。《くいしんぼにとって、新幹線のこだまが豊橋にとまるのは「きく宗」の菜飯・田楽を喰えとの神のお告げ。とにかくうまい》。

この菜飯は《塩あじで、大根葉を炊き込んだもの》。もう三十年ほど前になるが、これを読んで豊橋まで行かされてしまった。確かに、お二人のおっしゃる通りだった。

一方、嫁菜飯は——といえば、ヨメナの若葉を《茹でて固く搾り上げたのを微塵に刻み食塩をふり混ぜて、淡塩味に炊き上げた飯に混》ぜるもので《菜飯中での香味》（本山荻舟『飲食事典』平凡社）。食用に使えるヨメナは西日本のものだというから、昔でも、わたしはお目にかかれなかった。

ともあれ、自然の、春そのものを口に入れる嫁菜飯を、あの日向子さんが炊いている。――いるだろうではなく、《ゐるのだ》と梶原さんはいう。願い以上の強いものが、読み手の胸に響き、心を揺さぶる。

歌集のあとがきに、散歩をしていると《いろんなものが美しくて、たじろぎます》とある。ありきたりでない《たじろぐ》に真実がある。梶原さんは病を得て、《これを歌にすることなどできない》と思いつつ、《詠《うた》ったあとに、とても得心がいくところがありました》という。

そしてまた、歌集名にした《「あふむけ」は、受け身でありながら、とても肯定的な言葉だと思っています》――と。いった人の手を、思わず取りたくなる言葉だと思う。

「なり」と「なり」

以前、ある短編に、松瀬青々の《うつくしき蛇が纏ひぬ合歓の花》を引いた。一種独特な輝きがある。こちらをつかんで離さない作だ。

青々は明治期の俳人。生き物をあつかって凄みのある句ならまだある。

蛍よぶ女は罪の声くらし

もゆる音が好きで蚊をやくといふ女

女が蚊を焼く――というのは、高校時代、暉峻《てるおか》康隆の本で知った。小説や川柳について語る、ごく柔らかい新書だった。いかにも男子高校生あたりが買いそうな一冊だ。

蚊帳の中に入ってしまった蚊を、ねじった紙などに行灯の火を移し、ジュッと焼き

殺す。色っぽい場面だ。江戸の作品には普通に出て来る、周知の情景らしい。

——危ないことをするなあ。火の用心、火の用心。

とも思ったので、印象が深い。素材自体は陳腐でも、その《音が……好き》という女を出してしまうところが青々だ。つぶやく唇の背景に蚊帳、その向こうの闇はどこまでも深い。

さて、青々の最も知られた句は何かといえば、おそらく、これだろう。

日盛りに蝶のふれ合ふ音すなり

鮮やかな手際だ。この不思議に明るい情景を、確かにいつか自分も見た——と思わせる。そしてまた、内容以前に、高校の国語の先生なら、読んだ瞬間に思うことがある。

——これは、伝聞推定の「なり」の説明に持って来いだな。

これである。

ところが最近、ある俳人の方の名句選を読んでいて、あっと叫んだ。《日盛りに——》が採られている。頷ける。ところが、その鑑賞文に、聞こえない筈の響きを《ふれ合ふ音すなり》と断定表現した感性に敬服すると書かれていたのだ。

我々は、国語の文語文法で、こう習う。「なり」には「断定」と「伝聞推定」がある。接続が違う。また「推定」の場合は、《虫の声すなり》などのように、音について使われることが多く、そこから「伝聞」の用法が出て来る——と。

つまり、終止形接続でしかも響きについて使われている《音すなり》は、あまりにも典型的な「推定」の「なり」なのだ。仮に、これが「断定」だったら、

日盛りに蝶のふれ合ふ音するなり

と、連体形から続くことになる。断定されてしまったら、バッサバッサと羽音がして句にならないだろう。

……しかし、単純にそういってしまっていいのか？——というところで次回に続く。

ふれ合ふ音

日盛りに蝶のふれ合ふ音すなり

の、続きである。

松瀬青々の、この句の「なり」は、終止形接続で、音の表現に使われている。典型的な「伝聞推定」の用法で、《音すなり》の意味は《音が聞こえるようだ》となる。高校生が、これを「断定」と答えたら、《基本が頭に入っていないっ》と叱られてしまう。仮に断定なら、《日盛りに蝶のふれ合ふ音するなり》となる。

だが、我々が習う古典の、いわゆる学校文法は、平安時代を基準としている。江戸期の芭蕉や蕪村、そして明治生まれの松瀬青々に、そのまま当てはめていいのか。これが名詞や連体形から続く「断定」の「なり」なら揺るがない。だが「伝聞推定」の

用法は、江戸期にもあったのだろうか。

数日後、恩師に会う機会があったので、ずるをして聞いてしまった。すると即座に、

「江戸の俳句の「なり」に、伝聞推定は無理だろう。明治大正も同様だ。切れ字的に使われることもあるから、作者のつもりとしては、むしろ詠嘆だろうなあ」

先生とは凄いし、有り難いものだ。

さて、《音すなり》のように、用例に出て来そうなほど典型的な伝聞推定の形が、なぜ「断定」といわれたのか。図書館で調べてみると、『俳句大観』(明治書院)の《日盛りに》のところに安住敦の次のような鑑賞文が引かれていた。——《「音すなり」と作者ははっきりと断定している。「ほかのものの音にてはなし夜の雪」(『松笛』)もこの作者がききとめた音である》。

『俳句大観』はよく売れた本で、各地の図書館にある。おそらく、前回の名句選を作った方は、この前半を参考にしたのだろう。

この本には山口誓子の文も引かれている。同じ箇所を『鑑賞の書』(東京美術)——自慢じゃないけど、わたしは、これの誓子サイン本を持っているのですよ、ふふふ——から抜く。《双蝶の触れあうとき音はしていたであろう。発止々々とは聞えずとも音はしていたであろう。それを聞き得たのは作者の、自らも響くところの心であ

る。音を感じ、交響する心である。(中略)この句は、絶品だと思う》。

さて、今、我々が当たり前のものと思っている「伝聞推定」の「なり」だが、『日本語文法大辞典』(明治書院)を見ると、奈良時代から平安時代にかけて使われたものという。以後は文語化したわけだ。この項目は、高山善行氏が書いている。

それによると、江戸時代にはやはり、「詠嘆」と理解されていた。松尾捨治郎という人が昭和十一年に、初めて「伝聞推定」という説を唱えた。以後、紆余曲折を経、現在ではこれが《広く認められている》。——となれば青々の頭に、「伝聞推定」という認識はおそらくなかったろう。

ただ迷いなくいえるのは、俳人の心の耳が、確かにその玄妙な《音》を聞いた、ということだ。

あっといわせる辞典

必要があって図書館に行き、『日本語文法大辞典』（明治書院）を見た。助動詞「なり」の項目を読んで納得した。

そこでたまたま、――後に続く現代語の助詞「なり」の項目が目に入った。接続助詞の用例として《どうしてこんどはこの村へやって来るなり……》（堀辰雄・菜穂子）、《ちか子も部屋へはいるなり……》（川端康成・千羽鶴）などが引かれている。普通である。ところが次を見て驚いた。

――《ボーイがオーダーを聞いて去るなり、私は吉住を急き立てた》（有栖川有栖・ダリの繭）。

こういう辞典の用例にミステリが出て来るのは珍しい。後に続くのが漱石だから、一層目立つ。

「はて……」

並立助詞の用例は、と見ると、二葉亭四迷『浮雲』、漱石の『坊っちゃん』『こころ』があり、最後に、

――《私の部屋に来るなり、夜なら家の方に電話するなりすればよろしい》（綾辻行人・緋色の囁き）。

うなってしまった。

助詞「なり」の項目の担当者名を見ると、久保田篤氏。こうなればページをめくり、同氏の執筆箇所を探すことになる。宝探しのようだった。例えば助詞「ったら」。係助詞では、《ずるいのよ、この子ったらね、前期の英語のテスト、九十点だったんだから》（加納朋子・魔法飛行）や《顎で使うんですよ。憎たらしいったらありゃしないわ》（泡坂妻夫・喜劇悲喜劇）など。終助詞では、《嘘よ！　違う、ちがうったら！》（岡島二人・そして扉が閉ざされた）、《嫌だったら。やめてやめて。こないでったら》（西澤保彦・人格転移の殺人）などが並んでいる。

副助詞の「しき」のところでは、有栖川さんの『ダリの繭』の中から、何と、こういうところが引かれている。

――《なめられたものだ。それしきの論理展開についていけなくて推理作家が務ま

るものか》。

本格魂をくすぐるではないか。この久保田先生、成蹊大学で教鞭をとられているとのこと。そして、成蹊――といえば、本格ミステリ界では知られた編集者戸川安宣氏など、何人もの方々が蔵書を寄贈し、膨大な《ミステリー&ＳＦライブラリー》が作られつつある大学だ。

早速、戸川さんに電話してみた。

「久保田先生って、ご存じですか」

そう聞いた戸川さんが、久保田先生にお会いになった。やはり、小学生の頃からという筋金入りのミステリファンで、《不可解な謎を手がかりによって論理的に解明するという本格ミステリは、（専門の）日本語学に似ている》とおっしゃる方だった。

嬉しい驚きだったが、このことを知った戸川さんが、三万円もする『日本語文法大辞典』を即座に買った――というのにも、びっくり。おそるべし、ミステリファン。

雄弁なる鰻重

『美女と探偵～日本ミステリ映画の世界～』などと聞くと、心が騒ぐ。二〇一一年初夏、神田の神保町シアターで、そういうタイトルの連続上映が行われた。

横溝正史原作、片岡千恵蔵主演『三本指の男』から始まり、面白いものからオモシロイものまで総計二十八本。まるで玩具箱を開けたようだった。昭和三十年代には東京都下のかなり広い道でも、まだ舗装されていなかった。そんな風景を眺めているだけでも、全くあきない。同じものをテレビ画面で見るのとは違う。暗い座席で、前の観客の頭が視界に入ったりしつつ観るのが、何ともいいわけだ。

素直に感心したものも、何本かある。中でも終わった後、人にしゃべりたくてたまらなくなったのが、貞永方久監督の『影の爪』だ。原作者がシャーロット・アームストロングというから、一体全体、あの不安な世界が、どう映画化されるのか——と、

それだけで出掛けてしまった。

作品名は書かれていなかったが、観ているうちに「悪の仮面」だと分かる。現在は、『あなたならどうしますか？』（創元推理文庫）の巻頭に「あほうどり」という題で収録されている。新保博久氏の解説に、旧題はペーパーバック版からとられたもので、《むしろ「仮面の悪魔」といった意味合い》か、と書かれている。同感だが、氏も触れている通り、こういったテーマの先行作であり代表作に、ヒュー・ウォルポールの「銀の仮面」がある。考え過ぎだろうが、それを踏まえ二重の意味を持たせたのなら、いかにも洒落た名訳だ。

この作品、何回かテレビドラマ化もされているが、そちらは原作通りらしい。『影の爪』は大胆にいじっている。その手さばきが見事なのだ。脚本は、白坂依志夫、大野靖子、桂千穂。おそらく三人で集まり、舌なめずりしながら、どうやったらより嫌な話になるか――と検討したのだろう。細部が実にうまい。

あっといった場面があったのだが、そここそ、この映画の値打ちだから、書かないでおく。ただ、そこに運ぶための用意、観客の心に当然わくであろう疑問を消すための準備が実に周到であった。

別のところでは、鰻重の使い方の見事さに、うなってしまった。鈴木光枝と岩下志麻の母娘が猫をかぶっている。ところが、彼女たちが、二人だけになると鰻重を取り、文句をいいながら食べているのだ。

我々が子供の頃、普通の家で、お客様が来たわけでもないのに店屋物を取るようなことはあり得なかった。経済的にもそうだし、何より生き方としてあり得ない。主婦の恥なのだ。まして——鰻重である。ほんの一瞬で、母娘の正体が見えてしまう。説明ではない。絵で人の内面まで見せる。感嘆のあまり、膝を打ちたくなった。

この感覚が、若い世代になると全く分からないらしい。せっかくの職人芸が伝わらないのが、もどかしく無念だ。

おかわり君、ありがとう。

二〇一一年のプロ野球も、これからクライマックスシリーズを迎える（という時点でこの稿を書いている）ところまで来た。今年のプロ野球の話題は何といっても、《飛ばないボール》だった。

ところで、『アメリカ野球珍事件珍記録大全』ブルース・ナッシュ、アラン・ズーロ著　岡山徹訳（東京書籍）という本がある。何が書いてあるかは、題名を見れば一目瞭然だ。

その中に、《あっちのミズノは甘いぞ――ピート・ローズ（三塁手／シンシナティ・レッズ　一九七八年七月一一日）》という一節があった。

これは、オールスターの試合での話。ローズは、ナショナル・リーグの一員として出場していた。それまでナ・リーグは、対戦成績でアメリカン・リーグを圧倒していた。ここで彼は、さらに自分達の方が《パワフルに見える、いい手を考えついたのだ。彼は日本のスポーツ用品メーカーであるミズノに日本のボールを何ダースも送るようにいった。日本のボールは小さく、皮がきちきちに縫ってあるから、大リーグのボールよりもずっと飛距離がでる》。

ローズは、そのボールを試合会場となるサンディエゴ・スタジアムに持ち込んだ。そして《ア・リーグのクラブ・ハウスに行って、うまいことをいってはナ・リーグの打撃練習を見るようにしむけたのだった》。

ナ・リーグの内野手、ラリー・ボーワは語る。

《「みんなスタンドにぽんぽん飛ばしていた。（中略）ベーブ・ルースになったような気分だった……（中略）ア・リーグの連中が口をポカンとあけて見てたのを思いだすよ。おかしいのなんのって。（中略）連中は外野のフェンスにあてるのが精いっぱいだった。だってボールは普通のやつだ。俺たちがボールをスタンドにぽんぽん入れたあとじゃあ、ア・リーグの選手はまるでリトル・リーグみたいだった」》

試合は七対三で、ローズ達のナ・リーグが勝ったという。

エピソードというのは伝わる過程で、どんどん面白くなっていく。この本にこう書いてある、というのは事実だ。しかし、この出来事が、何から何まで本当なのか、わたしは保証出来ない。大リーグに詳しい人には、周知のことなのだろうか。

思い返せば一九八七年のシーズン半ば、ヤクルト・スワローズにボブ・ホーナーという現役大リーガーがやって来た。これが、当たればホームランという感じで、複雑な気持ちになったものだ。最初から出ていたら楽々とタイトルを取るペースだった。

そんなことも考え、大リーグのボールでは飛ばせないのか、と肩を落としかけた時、やってくれた男がいた。ご存じ、西武のおかわり君こと、中村剛也選手。四十八本でホームラン王という素晴らしい数字だ。

——やる奴はやる、やれるんだ。

と、我々を力づけてくれた。感謝したい。

ことの起こり

テレビのWOWOWで、『ソウ』という映画を放送した。

聞いた記憶はあった。確か、血みどろ系の作品だった。その方面は苦手なので、あまり関心はなかった。ところが番組案内に、《謎》とか《驚愕の真相》とか書かれている。何だろう——と思って、つい観てしまった。気の弱い者には正視していられない場面が続く。シリーズ全作放映ということだったが、あえなく途中で撤退してしまった。

ところで、この映画を観ていて、高校時代に読んだ「価値の問題」という短編を思い出した。作者はC・L・スイーニイ。『年刊推理小説・ベスト20』B・ハリデイ編（荒地出版社）に収められている。以下は、その内容を書かないと話を進められない。

若いピアニストに妻を取られそうになった亭主が、彼を山荘に誘い出す。隙を狙い、

手錠をかけ、一方を固定する。そして、山荘に火をつけ、ピアニストにナイフを渡す。当然、必死になってボルトや鎖にナイフを向ける相手に、主人公はいう。そちらはとても切れない――と。意味の分かった相手に、「それが、きみの問題さ」といって、主人公は去って行く。

編者は《忘れられぬクライマックス》《だが、きっと、はやくわすれてしまいたい、と読者のみなさんはおもうだろう》というコメントを書いている。それだけ強烈な印象を残す作だ。現に四十年以上経っても覚えている。

で――、この嫌な感じは、まさに『ソウ』ではないか。スイーニイという人の作は、他に知らなかった。昔の『ミステリ・マガジン』に「金がすべてじゃない」という短編が載っていたので、今回、読んでみた。生真面目な出納課長が、図々しく金遣いの荒い押しかけ女房に苦しめられ……、という、あちらの短編にはよくある話だ。手慣れてはいるが、「価値の問題」ほどの強烈さはない。

さて、わたしはある小説の中で、女子中学生が心で《ややこしや、ややこしや》とつぶやく場面を書いた。野村萬斎などの出た『まちがいの狂言』の一節。シェークスピアの『間違いの喜劇』を日本に移したものだ。執筆中、それが思い浮かんだので、ふと遊び心で書いてしまった。ところが後で、《あれは、お笑いの誰々のネタですね》

といわれ、びっくりしてしまった。

事実とは違う。しかし、女子中学生がふと口にするなら《お笑いネタ》の方が、ずっと現実感がある。

そこで、真相がどうかは別として、わたしは思う。映画『ソウ』を作った人は、子供の頃、雑誌か、あるいはペーパーバックで「価値の問題」を読んだ。柔らかい心に、これが強烈に食い込んだ。時は流れ、企画会議の席上、彼は叫ぶ。

「こういう話はどうだろう！」

うーん。ソウかも知れない。

早呑み込み

ひらめきから仮説が立ち、ひとつの論になったりする。そこに創意があれば面白い。ひらめきは、その種。《こうではないか！》という直感は大切だ。しかし、根拠という土台がないだけに誤っていることも、無論ある。

『安岡章太郎対談集1　作家と文体』（読売新聞社）を読んだ。井伏鱒二との対談に、特に印象に残る部分があった（どういうところかは、次回、触れる）。そこから、紆余曲折の末、ある《ひらめき》を得た——というのが、今回の話である。

さて、わたしは図書館に足を運んだ。

『井伏鱒二全集』では、《対談》がどういう扱いになっているのか、知りたいと思ったのだ。すると、筑摩書房版には、その巻がない。わけはすぐ分かった。筑摩からは『井伏鱒二全対談　上・下』が、別に出ているのだ。

これを借り出し、解題を見ると「付記」に、収録出来なかった対談がある――と書かれている。深沢七郎とのものだ。著作権の関係から不可能だったという。無念さが伝わって来る。『全対談』として作り始めながら、こうなったのだ。気持ちは、よく分かる。わたし自身、かつて、アンソロジーに深沢作品を収録させていただこうと考え、果たせなかった。近頃、それが可能になったと聞き、喜んで複数作を収めた本を作った。この、駄目だったことが出来るようになった……というのが、わたしにとっての《心理的伏線》だ。

さて、井伏の対談集で気軽に手に入るものはないかと思って探し、新潮文庫の『井伏鱒二対談集』を入手した。これの表紙に対談者の名が列記されている。

深沢七郎・神保光太郎・永井龍男……。

何と、いの一番に深沢の名があるではないか。わたしは素直に、《よっぽど、嬉しかったんだろうな》と思った。そして、新潮社の方にあった時、ひらめきをそのまま、口にしていた。

「あの文庫の表紙には、『全対談』でさえ入れられなかった人を収められるようになった――という、編集者の喜びが出ているんでしょうね」

ところが、その方は首をひねり、

「いや、文庫だったら元の本があります。そんなに新しい本じゃありませんよ。第一、対談集で、一人だけ前に出すような並べ方は出来ませんよ」

いわれてみれば、その通りだ。文庫本が、帯付きでとても綺麗だったから、つい最近のものと錯覚していた。

確認すると、新潮社の『井伏鱒二対談集』の方が、筑摩書房の『井伏鱒二全対談』より先に出ていた。つまり、著作権上の問題が生じるより前に刊行されたわけだ。わたしが直感したのとは、順序は逆だった。そして対談の配列は、いうまでもなく年代順。深沢が最初になったのは、全くの偶然だった。そそっかしいと、こんな勘違いをする。

消えた掌編

新潮文庫には『井伏鱒二対談集』、講談社文芸文庫には『井伏鱒二対談選』がある。相手のうち、安岡章太郎・三浦哲郎・開高健が重なっている。ところが手にしてみると、それぞれ別の話がとられていた。安岡章太郎なら、前者が『荻窪風土記』の周辺」、後者が「昭和初期の作家たち」といった具合。まことに有り難い。

さて前回、安岡・井伏の対談に《印象に残る部分があった》と書いた。「昭和初期の作家たち」で、井伏は初め、「鯉」のほか、「たま虫を見る」「蟻地獄」「がま」などの動物ものを書いていた——といい、

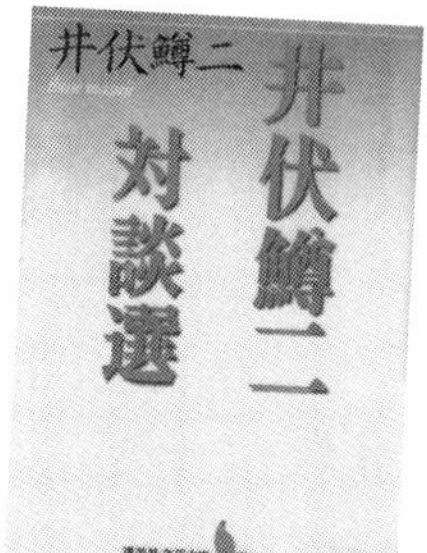

『やんま』というのも書きました。ヤンマというのは、水の上をピーッと飛んでいるでしょう。飛んで行って、空中で動かなくなることがある。産卵のために水の面

へおりてひょっと産卵して、またじっと宙に浮いて飛んでいますね。それを山の上からおりたときに見ていたら、小さいヤンマがだんだん大きく見えて、お化けのように大きく見えてしまう。その錯覚を書いたんです。それ、残しておけばよかったと思う。それはそのまま隠滅した。

安岡は《惜しい》と答えた。井伏の愛読者には知られた話なのだろう。さて、どうして大きく見えたのか。井伏が子供の時に上った裏山からは、遠く十五センチ幅くらいに瀬戸内海が見え、船が見えた。山から駆け降りる時、自分の家の小さい池が入る。《池の上にじーっとヤンマが宙に浮いているわけです》。それが《お化けのようにだんだん大きくなる》。

《海と船》の記憶が《池とヤンマ》に重なる——そういう錯覚を描いたわけだ。わたしはすぐに、ポーの掌編「スフィンクス」を連想した。《ぼく》はニューヨークでのコレラ大流行を避け、ハドソン河畔の別荘で夏の日を過ごしていた。以下、丸谷才一訳によれば、

ある炎暑の日、夕暮に近いころ、ぼくは本を手にして窓辺に腰かけていた。窓は

あけてあり、河の土堤の長くつづく並木をとおして、遥か彼方の山を見渡す位置にあった。いちばん手前の山肌は、いわゆる地すべりのため樹木がかなりの部分はぎとられ、むきだしになっていた。そしてぼくの想念はすでに長いこと、眼前の書物から離れ、隣接する一都市の陰鬱と壊滅へとさまよっていたのである。本から眼をあげると、視線は山のあらわな表面に、一つの物体に——恐しい形をした生ける怪物へと注がれた。

《怪物》とは何か。これに続く部分の、まさにおそるべき細密描写は、ポーの面目躍如たるものだ。読んでみていただきたい。

井伏の、幻の掌編の内容を知り得たのは嬉しい。残っていれば、ポーの異色作と対をなし、忘れ難い感覚を見せてくれたのではなかろうか。

《日南》の謎

日南――といえば宮崎県南部を思う。その辺りが、日南海岸国定公園になっている。南国情緒豊かなところ、らしい（実は行ったことがない）。

さて某誌に、吉行淳之介の「川端康成伝」について書いた。文藝春秋から昭和四十一年に出た『現代日本文学館　24　川端康成』に寄せた文章である。

わたしの子供時代から大学生の頃まで、田舎の書店にも各種の文学全集が並んでいた。昔は、百科事典や全集がよく売れた。読む読まないにかかわらず、それらが応接間に飾られたりした。それだけ、《文化》に対する信頼があった。

その「川端康成伝」に吉行は、梶井基次郎の友人宛て書簡を引いた。

（川端は）日南にあったようによく顔を見る――僕はあれだなと思ったが失礼かも

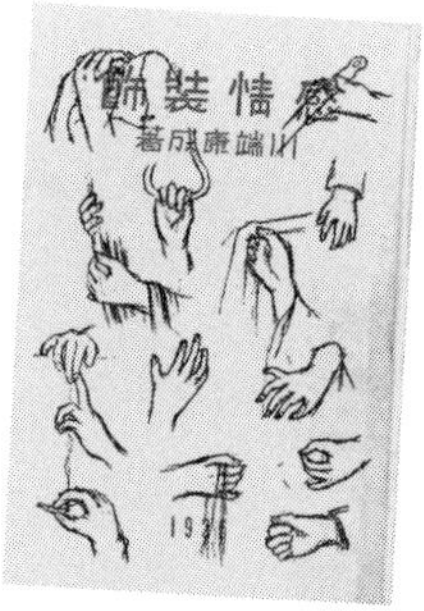

しれぬと思ってだまっていたが少し気味が悪い。

これが、川端の眼の話に繋がる。筋は通るから、論理展開上、問題はない。だが、この《日南にあったように》というところは分からない。《日南》を《雑誌名か何かだろう》と思うしかない。当時、この本を開いた日本各地の読者も、そんな風に考え、先に読み進んだことだろう。

今回、確かめてみる気になった。

『梶井基次郎全集　第三巻』（筑摩書房）番号二〇五の書簡だった。昭和二年一月四日のもの。文章の前後を見れば、何か分かるかと思ったが、残念ながら答えは出なかった。ところが註に《「日向」（『文藝春秋』大正十二年十一月号、『感情装飾』所収）の誤記か》となっている。

驚いて、うちにある『感情装飾』の復刻本を見る。「日向《ひなた》」は、いわゆる「掌の小説」のひとつである。

娘が突然、首を眞直ぐにしたまま袂を持上げて、顔を隠した。
また自分は悪い癖を出してゐたんだなと、私はそれを見て氣がついた。照れてしまって苦しい顔をした。

「やっぱり顔を見るかね。」

『感情装飾』は大正十五年、即ち昭和元年になる年の六月刊行。梶井の手紙の半年前に出た本である。「日向」は、その巻頭にある。そして、この内容だ。註の《誤記か》の《か》が謙遜に見える。まず間違いない。同じ手紙に《日南へ出ても身内がなにか寒い》とも書かれている。梶井の書き癖だろうか。「日向」の《ひな……》という響きが《日南》を呼び出すのかも知れない。

時には、分かり切ったことのみ説明し、難解な箇所に目をつぶる注釈もあるのに
——と感嘆してしまった。

この註は、最新版の『梶井基次郎全集』からついている。編者は鈴木貞美氏である。

コッキョウ

川端康成の話が続く。テレビで落語を聞いていた。若い落語家が枕で、《『雪国』の出だしは「クニザカイの長いトンネル」と読むんですね》といっていた。

——困ったものだな。

と思った。この番組を見た人はそう思い込んでしまうだろう。別のところでもいっているのだろう。無論これは、二説ある——が正しい。原文には振り仮名などない。わたしは《コッキョウ派》だ。音楽でも、最初に耳にした演奏の印象が強い。多分、何かの機会にまず聞いた読みがそれだったのだろう。『川端康成全集』の版元、新潮社から朗読CDも出ているが、これも《コッキョウ》である。

この件について意識したのは、何十年も前に、《クニザカイという説が出て来た》という文章を読んだ時だ。かなり激烈なものだった。《これをコッキョウと読めない人間に、表現を語る資格はない》といった調子だった。《そこまでいうか》と思いつつ熱さに打たれ、ますます《コッキョウ派》となった。読みに、より冷気を感じる。トンネルという音との響きもいい。今、《クニザカイの……》と口にしてみると《日本昔ばなしみたいだな》という気にもなる。とはいえ《クニザカイ》と聞いて育てば、そういうものだ——と受け入れていたろう。

そんなことを考えていたら、たまたま、『日本近代文学館年誌』七号で、川端香男里氏の「噂の独り歩き」を読んだ。川端氏は、川端康成記念会理事長である。

「先生、『雪国』の冒頭の部分ですが、あれはクニザカイと読むのであって、コッキョウは間違いでございますね」と研究者が面と向かってたずねます。研究者の期待に反して「仰るとおり、コッキョウではなくクニザカイです」という答えは返ってきません。答えは常に「はァ」であります。

続いて、川端自身は《コッキョウ》と読んでいたとなり、そちらの派としては、すっきりする。

朗読者としての康成はごく自然に「コッキョウ」と読んでいるわけですが、読者がどう読むのかというのは自由であると思っていたはずです。日本の伝統に忠実な康成なら和文脈の言葉を使うはずだという研究者の思い込みを傷つけたくないという気持ちもあったでしょう。

その後、神保町を歩いていたら、アポロンカセットライブラリーの『現代作家風土記　川端康成』を売っていた。古いものだ。監修は川端と親しかった藤田圭雄。長谷川泉も登場する。カセットテープを買うのは久しぶりだ。うちに帰って、早速かけてみる。《コッキョウ》と読んでいるので、にこりとしてしまう。

吉行淳之介を御存知でしょう

吉行淳之介は四回芥川賞の候補となり、『驟雨』他で受賞した。その時、佐藤春夫にこういう意味のことをいった。《一人の悪女がいて一年に二回定期的にいやがらせにやってきて、いろいろ心を悩ます仕打をする。その悪女と今度手が切れてホッとした気持で嬉しかった》。

　すると、佐藤先生は「それは手が切れたのではない。その悪女と結婚してしまったのだ」と仰有った。僕はハッとして、ひそかに不明を慚じた。

なるほど——と、うなってしまう。「悪女との結婚」という随筆の一節である。

さて、講談社文芸文庫から『個人全集月報集　安岡章太郎全集・吉行淳之介全集・

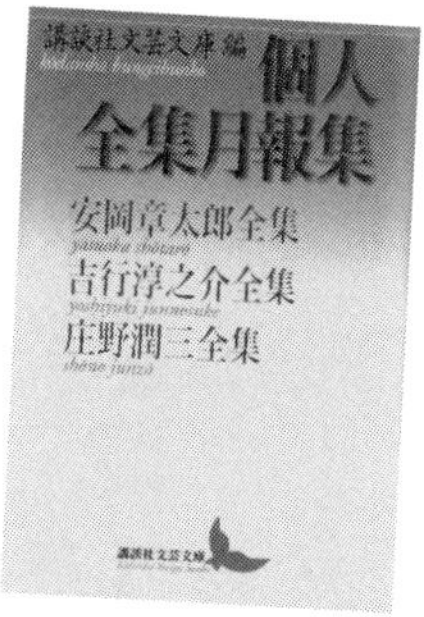

庄野潤三全集』が出た。これが今年刊行された中で、最も長いタイトルの本ではなかろうか。

わたしは《月報》も幾つか買って持っている。お古いところでは昭和の初めに出た『新修シェークスピヤ全集』(中央公論社)の付録「沙翁復興」という小雑誌も、十冊ばかり書棚にある。そういうものに食指が動く方だ。今度の『月報集』も無論、すぐに買った。

おかげで吉行の『全集』に寄せた、大井廣介の一文を読むことが出来た。大井とは懐かしい名だ。我々にとって彼は、まず、一九六〇年代のミステリ評論家である。といってもわたしは一歩遅れたから、古本屋さんの店先に積まれた一冊三十円の雑誌で目にしたわけだ。とにかく、遠慮なく本音をいう姿勢が快かった。その文章で、坂口安吾との交友を知った。さらに『現代日本文学館　27』(文藝春秋)で読んだ「坂口安吾伝」「解説」は、いかにも大井らしい独特のものだった。

この人が、吉行を語っている。吉行は《清瀬に大手術で入院した》。胸を病んだといえば、昔は命にかかわる。入院前夜、《吉行はどんな逆境でも嘗て愚痴をこぼしたことがない。私もなぐさめようもないから、相変らずバカ話ばかりかわした》。

しばらく経ち、大井が《パイ一やって》有楽町駅の階段を登りかけた時、産経新聞の松本記者から声をかけられた。――《吉行淳之介を御存知でしょう》。大井は《視界がまっくらになった》。訃報を告げられると思ったのだ。ところが、

「こんどの芥川賞にきまりましたよ」と、教えられ、駅前の店で所感をかかされ、しばらくボーッとしていた。松本君とわかれ、一人になると、滂沱として、泪がわくのに弱った。無事でよかった。無事で。

暗から明への意外な転換。昭和二十九年、有楽町で確かにあった光景だ。

美しい文章だと思う。文芸文庫が、こういう企画を立ててくれなかったら、わたしには読めなかった。

鷗外の筆

翰林書房から、昨年の暮れ、『生誕120年　芥川龍之介』（関口安義編）というムックが出た。

関口氏は《最新の情報を提供し、読者に「いま、なぜ、芥川か」を訴え》る本にしたという。内容はまことに多彩である。漫画『澄江堂主人』（エンターブレイン）の存在も、これで初めて知った。山川直人氏の作。漫画家である氏が全集を読み返し、芥川と自分、当時と今（リーマンショック、大震災、表現規制……）が重なった。その時、とられた自然な方法が、芥川を漫画家として描くことだった。《谷崎潤一郎も、内田百閒も、宇野浩二も漫画家》《「文藝春秋」は「漫画春秋」に、「近代日本文藝読本」も「近代日本漫画読本」に》して描かれているという。

さて、小島政二郎の随筆集『百叩き』（北洋社）を読んだ。新聞小説で多くの読者

をつかみ、人気作家となった人である。今となっては、芥川と菊池寛について語った『眼中の人』が代表作といえよう。食べ物に関する『食いしん坊』などもある。

そういう人らしく、この本にも永井荷風、志賀直哉など、多くの文人が登場する。無論、芥川もだ。

彼の遅筆ぶりは、よく知られている。推敲に推敲を重ねるため、筆が進まない。はかどらぬ仕事に苦しむ姿には、鬼気迫るものがあったようだ。

一方、森鷗外は陸軍軍医総監にまで進みながら、あれだけの仕事を残した。芥川は、《しきりに知りたがった》。


「一体いつ書くのか。原稿を書くのがトテモ早くなければ、僅かな余暇であんなに沢山書ける筈がない。一ト晩に何枚ぐらい書くのかなあ」


遅筆速筆についての逸話はいろいろある。だが、この一幕は、役者がいい。芥川と鷗外という顔合わせだ。

さて、いかに知りたかろうと、文壇の神ともいわれた天下の森鷗外である。《ひと晩に、どれぐらいお書きになるのですか？》などと、気安く聞けるわけもない。

ところが小島は、鷗外が筆をとるところに居合わせた。

偶然、私は先生が私の前で立ったまま毛筆で原稿を書かれるのを見た。その早いのに、私は思わず固唾《かたず》を呑んだ。スラ〳〵と淀みなく書き流したままで、消しも書き入れもなかった。一度読み返されただけで、あの弛《ゆる》みのない、ピーンと張った、古典的な文章が私の目の前にあった。

帰ってからその話を芥川にしたら、

「本当か君――」

と言ったまま、暫くは信じられないような目の色をしていた。

神話の一場面を見るようだ。

クスリ、クダモノすぐ送れ

前回も引いた小島政二郎の随筆集『百叩き』（北洋社）によれば、芥川龍之介は《人を撒く名人だった》という。《スーッと共同便所へはいって行》き、《待っても待っても、出て来ない。（中略）そのまま向うの出口から出て行ってしまっているのだ》。

また芥川からは、《昨夜は一泊、とんだお世話さまに相成り申し候》などという葉書が届くこともあった。泊めた覚えもないのに——である。察するところ、アリバイ作りに違いない。わざわざ奥さんに分かるように書いたり、出す前にこれ見よがしに置いておくのだろう、という。

日常生活もまた、この人らしくなかなか、技巧的だ。

さて、小島は自分たちの青年時代にはまだエープリル・フールは一般的なものではなかったという。今でも、真面目な日本にはなじまない習慣だろう。わたしにしたたところで、後々まで記憶に残るような四月馬鹿の体験はない。

そこで小島は語る。ある年の四月一日の朝、一通のエハガキを受け取った。南部修太郎からだ。

四月一日

今日午前十時頃、散歩の途中芥川君が足を辷《すべ》らして藤木川の流れに落ちて、左の足首をくじいた。大したことはないが、今呻《うな》って寝ている。ついては千住の名倉へ行ってクスリをもらって、すぐ届けてくれ。千疋屋で何かうまいクダモノも頼む。


芥川は、南部と一緒に湯河原にいる。一大事とばかり小島は、停留場に向かった。指定された千住に行こうと急いだのだ。吉井勇と会ったので、

「実は、芥川さんが――」

と話し出したが、吉井はあわてない。ニヤニヤしている。

「本当かい君？」

そう言われたとたんに、特に大きく――本文よりも大きな字で書いてあった「四

月一日」という四文字が目に浮んで来た。そう言えば、四月一日に神奈川県湯河原から出したエハガキが、四月一日の朝、東京下谷《したや》に着いたのもおかしい。

やられた——と、思った。差出人こそ南部だが、操る芥川の、悪戯小僧めいた顔がたちまち見えたわけだ。なるほど、落ち着いて読めば妙だ。《今日午前十時頃》の事故というなら、時間的に合わない。けしからん——と怒られたら、

——正解の鍵は与えてある。

と、いなおれるわけだ。

『芥川龍之介全集』の「書簡」の巻が、いかに充実していようと、人に書かせたものまで収録されるわけがない。この機会に、引いておくのもよかろう。

談志の遺産

先日、古書店を覗いたら、カセットテープを売っていた。ＮＨＫから出ていた『歴史と人物』というシリーズ。吉行淳之介や池田彌三郎が語っている巻を買った。今は亡き方々の声が聴けるというのは有り難い。

そこで思い出したのが、落語家の八代目桂文治のことである。今から四十年以上前、真山恵介の『寄席がき話』中のこういう一節を読んだ。

お得意の「縮み上り」で

——お熊さん、お前さんの生まれは？——

——越後の小千谷だがなんしい——

——越後の小千谷……。ああっ、それでおいらが縮み上った……——

と、この〃ああっ〃のところで、ポーンと右手でヒザをたたく。これもまことにいい呼吸のもので、クサイ……と評したご仁もあったが、こういう演り方も、一つの型ではあるまいかしら……。是非はともかく。

ところが、この文治の〃ああっ〃に合わせ、芝居なみに、楽屋から本当に柝《き》頭を入れて、当時落語協会会長の文治を怒らせたヒョーキンなしゃれ者がいる。当時の桂玉治、いまの柳亭春楽である。

「いえね、あんまりトーンとくるイキがいいんで、あたしゃ声色家でしょう。とても我慢ができなくて、年中、こうして懐ろに入れてる柝をネ、つい出して、思わずチョンと」

それほどのモノであった。

思わずチョーンと柝を入れてしまうほどの間のよさ——とは、どんなものか、とても気になった。しかし、八代目の残した音源は少ない。耳にすることなど出来なかった。速記なら、立風書房の『名人名演落語全集　第六巻』に入っている。だが無論、それでは分からない。誰かに伝わっていれば——とも思ったが、演り手がいない（と思う）。速記を読めば、無理はない。要するに、つまらない噺なのだ。だが、最後のこの間、このイキだけは聴いてみたいものだと思っていた。

そうしたところが、立川談志のCDシリーズ『談志百席』第四期第三十三集を聴いていて、あっと声をあげた。『辻八卦』の枕で、まさに八代目の落語の、この部分を演ってくれたのである。

「ナニぃ、エチゴのオヂヤ、それでオイラが、（ポン）あっ、縮みあがった」

書いておいていうのも何だが、こればかりは文字では分からない。独特の調子である。驚くと同時に、《生きててよかった》と思った。見えなかったものが、見えた。

談志は、音でしか残せないものを、こういう形で残してくれた。入力していて、それを出力出来る人でなければ不可能なことだ。さらにそれを商品に出来るだけの人気がなければいけない。その人にしか出来ないことを、やってくれたのだ。

北村薫のベスト3
（2001〜2019年度）

●2001年度

☆『小熊秀雄童話集』小熊秀雄（創風社）
☆『装丁／南伸坊』南伸坊（フレーベル館）
☆『明治・大正・昭和の食卓』ハウス食品ヒーブ室編（グラフ社）

他のところで書いたものは除いて、考えます。書評に出ていた☆『小熊秀雄童話集』を、早速、買って来ました。何ともいえない不思議な味わいがあり、読めてよかったと思いました。そうしたところが数日後、神田の古書店の平台に『小熊秀雄全集』の童話の巻があるのを見つけ、その数日後、今度はうちの近くの古書店で、また別の版を発見しました。これには、びっくりしました。そういうものなのですね。昔の、これぞというものを出してくれるのは有り難い話で、その意味では、アンソロジスト日下三蔵氏の八面六臂の活躍ぶりも記憶に残る年でした。☆『装丁／南伸坊』は、最初の《著者近影》があってから、《装丁家と名乗

ると、ちょっと立派すぎる》ので《私は単に「装丁」ということにする。こうすれば馬丁、園丁みたいでちょっと職人ぽくていい》というところで、もう軍門にくだるしかありませんでした。他の誰にこんなことが書けるでしょう。ただ、本の話は「これも読みたい」となったら買いに行けばいいのですが、中には「家のどこかにあるのだが……」という場合もあります。カラー写真で本の姿が見られると、それがありありと浮かんで来て、「おい、どこに行ったのだ、お前」と焦燥感を感じました。これは始末の悪い自分のせいです。☆『明治・大正・昭和の食卓――おばあちゃんからの聞き書き』三松壽さん（取材時九十二歳）は、二階建が羨ましく「座禅豆がたくさん食べられて、二階のあるお家へお嫁に行く」といっていたそうです。分かるなあ。まさに《食》は、歴史そのものですね。

●2002年度

①『幻想小説大全　鳥獣虫魚』蜂巣敦・さたな　きあ・岡田夏彦編（北宋社）

②『喜歌劇ミカド』ウィリアム・シュウエンク・ギルバート（小谷野敦訳／中央公論新社）

③『謎解き　伴大納言絵巻』黒田日出男（小学館）

他であげた本は除きます。また①②③は順位ではありません。／さて、今年もアンソロジーに収穫の多い年でした。①『幻想小説大全』をあげます。読んで忘れた作品、持っているのに読んでいなかった短編なども、この機会にまとめて通読しました。入門書としても最適。配列にも工夫のある好アンソロジーです。／②『喜歌劇ミカド』は、銀座の本屋さんの書棚で見つけて、びっくり。わたくしごとですが、書きかけて中絶している小説の中に、実は『ミカド』が登場するのです。解説も充実していて、色々なことが分かりました。何より、『ミカド』そのものが、読んで素晴らしく楽しい。いちゃつきの罪で死刑というのが出て来ますが、百人一首のパロディでわたしが一番好きなのは、《あかつきばかりうきものはなし》を《いちゃつきばかりよきものはなし》とやった江戸時代の作です。よき時代の洒落っ気は、『ミカド』にも通じると思います。／③『謎解き 伴大納言絵巻』まず、謎自体がすこぶる魅力的です。解明も見事。謎の人物が、履くべきものを履いていないのは、あることをしに行ったためだ——というあたりの鮮やかさに、拍手したくなります。ただ、どうしても実例の有無を知りたくなってしまいます。《大胆な想像》と断ってあるのが答えでしょうけれど。

●2003年度

①『元祖探訪 東京ことはじめ』田中聡（祥伝社黄金文庫）
②『セーラが町にやってきた』清野由美（プレジデント社）
③『志ん朝の落語Ⅰ 男と女』古今亭志ん朝／京須偕充編（ちくま文庫）

他であげた本は除きます。番号は順位ではありません。

①は、雑誌連載時から、「これは面白い」と楽しみにしていたもの。同種のものは多く出ていますが、掘り下げ方がいいのです。「本にまとまったら買いたいなあ」と思っていました。本屋さんの文庫の棚を眺めていて、新刊にあるのを発見。「見逃さないでよかった！」と喜びました。続編を期待しています。さて、巡り合いという点で、最たる本が②。生

まれて初めて、それもたまたま長野県の小布施に行ったら、お菓子屋さんで売っていました。即座に、一気読み。セーラさんは、あちこちで話題になった人のようですが、全く知りませんでした。その活動をここに列記するわけにもいきませんが、とにかく行動力があり過ぎるほどある人です。彼女を生かすことの出来た周囲の人々が凄い。残念ながら、今の日本で、こういう人達は稀だと思います。

③は、志ん朝を惜しみ、また、京須さんの一連のお仕事への敬意、さらには同文

庫版『桂米朝コレクション』完結への祝意などもこめて選びました。

●2004年度
①『文人たちの寄席』矢野誠一（文春文庫）
②『文人の素顔　緑風閣の一日』柳原一日（講談社）
③『続・幻影城』江戸川乱歩全集　第27巻（光文社文庫）

順不同で、何らかの発見のあった本をあげた。どれも面白い。／昭和の名人桂文楽は、常々「長生きも芸のうち」と口にしていた。吉井勇の言葉である。しかし、①によれば、吉井は、晩年の書簡でこういっている。《桂文樂に二三年前『長生きも藝のうちだよ』と云ひましたが……》。以下は読んで下さい。／一方、檀一雄が書いた、あるエピソード中の碧魚荘が、②の緑風閣だというのにも、へえーといった。詳述している余裕はない。しかし、テレビの『トリビアの泉』でも、この挿話から太宰の『走れメロス』が生まれたと断言していた。私は檀の随筆、『熱海行』を読んだ。それによると、この一件があれを書く遠因に《なっていい、いや、いいはしないかと》檀一雄が《考えた》という話だと思うが、いかがなものか。／③の全集の、編集校訂の素晴らしさは知っていた。しかし、『続・幻影城』なら初刊本も講談社文庫版も買っているる。もういいかと、実は手に取っていなかった。おかげで後日、これを求めて本屋さんに（文字通り）走ることになった。これは実は、今まで読めなかった多くの欠落部分を補った、ミステリファンの家に欠かせない一冊であった。

●2005年度

①『談志独り占め』立川談志・田島謹之助　（講談社DVDBOOK）

②『ナショナル・ストーリー・プロジェクト』ポール・オースター編　（柴田元幸他訳／新潮社）

③『むかしのおしゃれ事典』文学ファッション研究会　（青春出版社）

①まずは『談志独り占め』をあげよう。談志が、いわば生き証人として人形町末広、そして往年の名人達について聞かせ、見せる。それに田島謹之助の写真が加わる。普通なら、落語家の語りに他の映像を重ねてほしくはない。しかし、この場合はそれが必然。そして、続く運びが凄い。それらの後に『落語・色物46組101枚スライドショー』となるのだ。ラストで「ああ……」と呻いてしまった。これはまさに、寄席という世界を扱った『ニュー・シネマ・パラダイス』だ。抵抗出来ない。

②それから、『ナショナル・ストーリー・プロジェクト』。何を今更と思われ

るだろう。しかし、書評で「百万に一つの偶然」という話があることを、妙味のように取り上げていたものが多かった。わたしには全く逆だった。次から次にそういう例が出て来る。そこで、奇跡というものが平凡に見えて来た。それもまた、この世界の真実だろう。勿論、「ラスカル」という傑作が収められているだけでも忘れ難い一冊。③『むかしのおしゃれ事典』は、「こんな本があったら便利だろうな」と思っていたら、それが出た。矢絣のお召しを「普段着にしている」のは、さすがに上流階級」とか、太宰治の頃に「小倉の袴は、もはやレトロ」で、着ている人間像が浮かんで来る——などと教えてくれる。書かれた当時、常識だったことというのが、時が経つと分かりにくい。我々より若い人には、なおさら有り難い本だろう。

●2006年度

①『CDブック 栄光の上方落語』日沢伸哉・朝日放送ラジオ「上方落語をきく会」編（角川書店）

②『落語CD&DVD名盤案内』矢野誠一・草柳俊一（だいわ文庫）

③『落語的笑いのすすめ』桂文珍（新潮文庫）

三冊、落語関係の本を並べてみた。素晴らしいのが①。収められた音源は、放送局に未整理のまま置かれていたという。二十年以上も前の話である。日沢氏が関心を持たなかったら、このうち幾つ

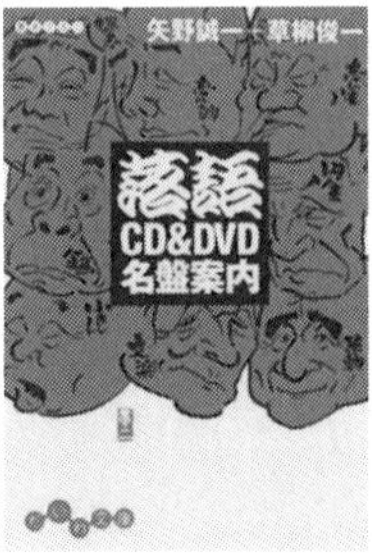

かは消えていたかも知れない。肝心なのは《松鶴の「らくだ」なら何年のいつのものが最上か》という選択が、きちんとなされていることだ。以前、昭和の落語家達の高座をテレビで放映した時、よりによって松鶴晩年の、体調の悪い時のものが、何の説明もなく流された。ゲストたちは、《こういう人》と思ったようだ。無残であった。②は、クラシックCDの案内なら当然の《どの盤がおすすめか》という情報を与えるべく作られた書。ただ、三木助の「芝浜」なら、昭和五十六年の時点で十二種類出ていた音源が、全て同じなのに、ある聞き所がカットされていないのは、特別なただ一つ。それが今はどうなっているのか——などなど、一番に知りたいことが書かれていない例もある。しかし、まず、この一冊が出たことの意味は大きい。そして今年は、③が文庫化された年でもある。こんな面白い本は、めったにない。

●2007年度

①『ココロミくん2』べつやくれい　（アスペクト）

②『星新一　一〇〇一話をつくった人』最相葉月　（新潮社）

③『少年探偵ロビンの冒険』F・W・クロフツ　（井伊順彦訳／論創社）

①今年、もっとも熱く人にすすめた本。書店により《一般》《サブカル》《コミック》と置いてあるコーナーが違った。お気に入りのお店の分類はどうか、調べてみるのも一興。この本についてなら、かなり語れる。『ココロミくん』も、ぜひ買って。②『人造美人』を中学生の時、リアルタイムで買い、『きまぐれ星のメモ』（角川文庫）が入手不可能なことに首をかしげる身として、これをあげないわけにはいかない。こういう本からは、書き手の熱が伝わってくることが大切だろう。そういう意味では、『「星座」になった人　芥川龍之介次男・多加志の青春』天満ふさこ（新潮社）も忘れ難い一冊だった。③《えっ、クロフツの少年物》と、びっくり。――というか、今年の論創社のラインナップには全面降伏。この後も、『ミステリ・リーグ傑作選　上・下』、そして風が冷たくなる頃には『ぶち猫　コックリル警部の事件簿』などなど、夢かと思うような本がずらり。《どんな人が企画を立てているんだ》と編集仮面の正体を覗きたくなった。

●2008年度

①『芝居の神様　島田正吾・新国劇一代』（新潮社）
吉川潮

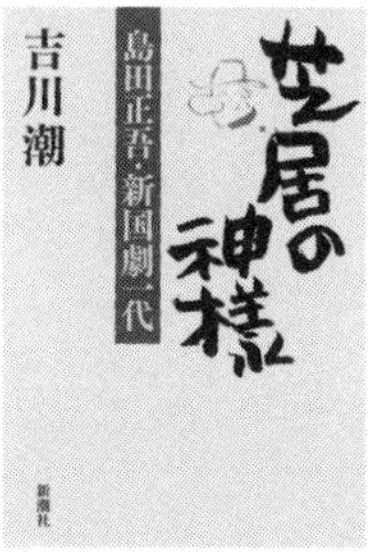

②『悲恋の詩人ダウスン』南條竹則
（集英社新書）

③『義太夫「藝阿呆」』安藤鶴夫作・演出／八世竹本綱大夫、十世竹澤彌七作曲・演奏（発売元＝日本ウエストミンスター、販売元＝コロムビア）

順位なし①は文字通り一気読み。年末に出た本だったから、今まで取り上げられにくかったかも知れない。わたしも緒形拳の死によって読む気になった。この本の前を通り過ぎるなという天意があるのか。緒形の死を悼むと同時に、そういう運命の不思議も感じた。「出の辰巳」に対して「引っ込みの島田」という言葉は妙。吉川潮は、対象に惚れて書く。この本自体、島田正吾に大きく美しい「引っ込み」をさせようという著者の愛によって出来上がったのだろう。見事に、そうなっている。②作者の自作朗読は時として幻滅を誘うものだ。しかし、この本のP96は違う。まさか、ダウスンが『シナラ』をどう読んだかを知ることが出来ようとは思わなかった。③はCD。元の音源は文化放送。昭和三十五年のものである。副題にある「名人三代目大隅太夫」の一代記。解説に山川静夫が書いている。——先代勘三郎がこの放送を録音し、芸修行の場面を人にも聞かせ、共に

泣いた――という。こういう場面は役者には出来ない。義太夫界のトップが演じているから成立する。

●2009年度

『お父さんが教える読書感想文の書きかた』赤木かん子　（自由国民社）

『鈴木しづ子　伝説の女性俳人を追って』（河出書房新社）

『明治文壇の人々』馬場孤蝶　（ウェッジ文庫）

ベスト3といわれると困る。メモをしないので、今年前半に何を読んだか、ほとんど忘れてしまった。順位なしで振り返ると、夏休みの後に出たのが残念だよなあ――と強く思ったのが赤木さんの本。

赤木さんは、本当のことをいう人で、そこが凄いし、こわくもある。読書感想文を書くポイントとして、《本のえらびかたの注意点》をあげる。《感動した本は使わない》というのです、これが。――ひねっているのでも何でもない。正論です。読めば納得出来る。

河出書房新社からは、鈴木しづ子の句集『夏みかん酢つぱしいまさら純潔など』も出た。最も知られたこの句を題にし、椎名林檎の推薦文を付ける。やるなあ、編集者――と思わせられる。同時に出たこちらの《鈴木本》には、様々な人の様々な文章が載っている。《欲るこころ手袋の指器に触るる》などなどの句についての解釈の歩みが印象深い。読むとは歪めることか……などと、あれこれ考える。

　ウェッジ文庫のことを春頃、この『本の雑誌』で推薦した。それなら具体例を出さねばと思い、最新刊の中から馬場孤蝶の本をあげる。文字通り、明治の文人の思い出が語られている。樋口一葉が中心となるが、尾崎紅葉と初めて会う場面など、時代小説の剣豪の出会いのようで実に面白い。

●2010年度

①『半七捕物帳事典』今内孜編著（国書刊行会）
②『装丁道場　28人がデザインする『吾輩は猫である』』（グラフィック社）
③『歌舞伎座を彩った名優たち—遠藤為春座談—』犬丸治編（雄山閣）

　ブリタニカを最初から最後まで読む人の話が、一冊の本になったりする。——そういうわけで（というのも、乱暴な受け方だが）事典とは、面白い《読み物》である。以前、『世界ミステリ作家事典』という傑作を世に送り出した国書が、またもやってくれた——と随喜の涙をこぼしたくなるのが①。／②の内容は、タイトルの通り。最初に、そうやって出来た本がずらりと並ぶ。ここだけ見て、分かった気になってはいけない。結果——よ

装丁道場
28人がデザインする『吾輩は猫である』

り、むしろ、そこに至る過程に妙味がある。《これで『猫』を読む気にはなれない》と考えるのも筋違い。人間の創造力、その可能性と多様さを読む一冊だ。／③は、八十年にわたって歌舞伎の身近にいた遠藤の言葉の数々を伝える。戸板康二の聞き書を中心に構成された、まことに有り難い本。戸板の、これを世に残さずにおかれようか——という意気込が、よく分かる。／余談だが、CDで『三世 竹本津太夫 義太夫名演集』（コロムビア）が出たのは快挙。四十年ほど前、ラジオで「三世津太夫を語る」といった番組を聞いて以来の喜びだ。『耳の至福、眼の悦楽』一瀬正巳（個人出版 連絡先・富士レコード社）を読むと、演劇その他、驚くほど貴重な音がSPの中に、まだまだ眠っていると分かる。頼むから、誰か起こして下さい。

●2011年度

① 『別名S・S・ヴァン・ダイン ファイロ・ヴァンスを創造した男』ジョン・ラフリー（清野泉訳／国書刊行会）
② 『花もて語れ』片山ユキヲ（小学館ビッグスピリッツコミックススペシャル）
③ 『書物奇縁』久松健一（日本古書通信社）

①は本格ミステリファンが、《よく出してくれた》と驚き喜ぶ一冊。まさか、ヴァン・ダインの伝記が読めようとは思わなかった。中学生の頃、創元推理文庫に載っていた自伝を興味深く読んだ。それとこれは、日なたと日影のように違う。《興味をそそる、魅力的で好感の持てない人物》とその時代を描いた労作。②三巻まで刊行中。今年は、これをよく人にすすめた。活字を眼で追うのが読書ではないという当たり前のこと——朗読以前に《読む》とはどういうことかを、分かりやすく見せてくれる。無論、朗読の方法も読みも、ここにあるのが唯一絶対の答えではない。これを読み、自分で考えなければいけないわけですね。③本と人についての本。神保町は当たり前だが、鎌倉の書店でも見て、文字通り縁を感じた。読み終えた……と思ったところにある「あとがきにかえて」もまた、いい。

と書いてから、念のため確認したら飯沢耕太郎編『きのこ文学名作選』（港の人）も、昨年十一月二十七日刊で、ぎりぎりセーフだったのだ！　きっと誰かがあげるだろう。それから、通読していないので入れられないけれど『馬場あき子と読む鴨長明無名抄』（短歌研究社）——これの、歌人達のやり取りの拾い読みがとても面白い。

●2012年度

①『私が選ぶ国書刊行会の3冊』国書刊行会40周年記念小冊子　（国書刊行会）

②『個人全集月報集　安岡章太郎全集・吉行淳之介全集・庄野潤三全集』（講談社文芸文庫）

③『怖い俳句』倉阪鬼一郎（幻冬舎新書）

順位なしです。①は書店に置かれる、無料配布の小刊行物。ここにあげるのは（八月刊なので、今は手に入らないというストレスもあり）ルール違反かも知れない。だが、とても面白かった。他の誰もあげないだろうから、触れておこう。誰が何を選んだか、国書刊行会の本だけに、まさに多種多様。坪内祐三が《三冊なんて少な過ぎる。百冊だ百冊》、豊崎由美が《だって、わたしの血の九五％は国書刊行会でできているんですもの っ》と、しゃべり始めている——というだけで、あげたくなる気持ちは分かってもらえるだろう。②全集の『月報集』が古書店にあると、つい手がのびてしまう。通して読むことはめったにないが、買わずにはいられない。そういう本好きの弱みを突かれた一冊。新刊案内で見てびっくりした。ところが、うちの周りの書店には文芸文庫そのものがない。待ち切れず、来る人に頼んで買って来てもらった。続刊を期待する。③巻頭に芭蕉の《稲づまやかほのところが薄の穂》。正岡子規は《唐辛子日に日に秋の恐ろしき》が採られる。選は川柳にも及び、百物語の進行にも似る。草地豊子の《蛇口からしばらく誰も出てこない》などといわれると、わっと叫んで本を閉じたくなる。怖いから、もう引くのをやめよう。これが新書で買えるなんて、何とありがたい。

●2013年度

①『映画にまつわるxについて』西川美和　（実業之日本社）

②『日の丸女子バレー』吉井妙子　（文藝春秋）

③『文士の友情　吉行淳之介の事など』安岡章太郎　（新潮社）

①は『ジェイ・ノベル』に連載されていた文章が中心になっている。たまたま、その雑誌で「x＝生き物」の回を読み、《これは毎回、切り取らなくちゃ！》と、心に深く念じ、一時間後には忘れてしまった。次に気がついたのが「x＝音」。結局、二回しか読めなかった。残念無念。この上は、本になるしかない——と待ち望んでいた（その二つの回だけでも、立ち読みして下さい。買うことになりますから）。②は《大松監督はスパルタ主義ではなかった》というのが衝撃。何十年にもわたってこうだと思い続けて来たことが、覆されることは何度もあった。今回もそうだ。勿論、それだけでな

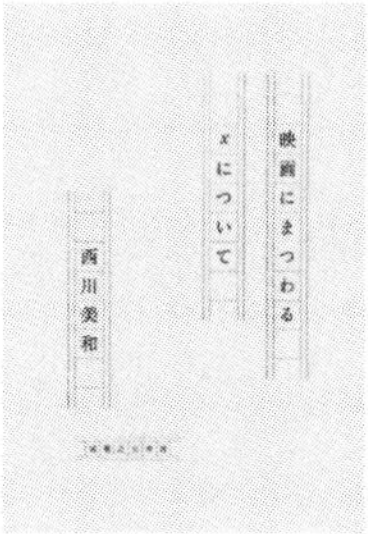

く、一気読みの一冊。③は、去年、『個人全集月報集』（講談社文芸文庫）をあげたが、気分的にはそれに繋がる。同じ形で出た、阿川弘之の『鮨　そのほか』と合わせてあげたい。／個人全集といえば、あっと驚くものがあった。今年の《三冊》――というわけにはいかないので、最後に記す。東京創元社から、創元推理文庫として刊行された四巻の『大坪砂男全集』。そして、秋田県の皆進社から出た『狩久全集』六巻＋『四季桂子全集』一巻である。四季は狩の妻であった人。

共に、編者の、作家に対する愛と完璧な本作りへの情熱の見事な結実である。

●2014年度

①『初稿 山海評判記』泉鏡花作　小村雪岱画　田中励儀編　（国書刊行会）
②『あしたから出版社』島田潤一郎　（晶文社）
③『翻訳問答　英語と日本語行ったり来たり』片岡義男、鴻巣友季子　（左右社）

①五三二〜三ページの絵は、確か昔、「鏡花展」のポスターになっていた。ひと目見れば忘れられない。魅かれつつ、つい今年まで『山海評判記』を手に取らなかった。この形で出してもらえたのをきっかけに、読むことが出来た。どうい

う場面かという謎が解けて嬉しいし、それ以上に、本という形の力（むしろ魔力か）を、あらためて思い知らされた。②島田さんとは、お電話でお話したことがある。『冬の本』（夏葉社）の打ち合わせだった。数回、数分のやり取りだったが、本好き同士の同志だと心が躍った。好きな本を好きなように出すことは空を飛ぶぐらい難しい。空を見よ、この人や龜鳴屋さんがいる。③この組み合わせだから面白い。言葉の知的冒険譚。

『師父の遺言』松井今朝子（NHK出版）は三月の刊行。迷ったが他でも取り上げたので右記三冊を優先した。『変愛小説集　日本作家編』岸本佐知子編（講談社）は、誰かがきっとあげるだろう。『日本文学100年の名作』シリーズ池内紀・川本三郎・松田哲夫編（新潮文庫）は、これが文庫で出ることに大きな意味がある。ところで好企画の後追いは大歓迎なので、ちくま文庫でも『個人全集月報集』をやってくれないかなあ——と夢想しております。

●2015年度

①『O・ヘンリー　ニューヨーク小説集』青山南＋戸山翻訳農場　（ちくま文庫）

②『失われた時』グザヴィエ・フォルヌレ　（辻村永樹訳／風濤社）

③『[完全復刻版]「婦人画報」創刊号』婦人画報2015年7月号別冊付録　（ハースト婦人画報社）

誰もが知る（と思われている）O・へ

ンリーだが、実のところ、広く読まれているのは著名な数編に限られている。ちくま文庫から、多作な彼の本邦初訳作を収めた短編集が出る――とは聞いていた。だが、①を見て、あっといった。野球でいえば、単に有望な選手を集めただけではない。青山南のチーム作りの見事さに息をのんだ。今年の最優秀監督賞は、この人のものだろう。本作りの凄さを、ぜひ手にとって見てほしい。／今年は、「えっこの人の本まで出るの」という嬉しい驚きが幾つもあった。②は、短編と合わせて、懇切丁寧な訳者解説が有り難い。フォルヌレのこんな一冊が出るとは、誰が予想したろう。／『本の雑誌』復刻版は誰かがあげるのではないか。雑誌のそれが次々に出たのが、今年の特色。片隅のコラム、広告まで読めるのが魅力だ。文藝春秋の付録に、昭和二年の「芥川龍之介追悼號」が付いたのは記憶に新しい。だが案外、③を見逃している方がいるのではないか。わたしも、八月まで知らず、あわてて買った。まだ入手可能なら、いいのだが……。明治三十八年の創刊号である。編集長は国木田独歩。画報という通り、写真や絵が圧巻。最初にあるのが、《華族女学校第二十回春季運動会の光景》。まさに、紙のタイムマシンだ。

●２０１６年度

①『師恩　忘れ得ぬ江戸文芸研究者』中野三敏（岩波書店）
②『客席から見染めたひと』関容子（講談社）
③『川端康成詳細年譜』小谷野敦・深澤晴美編（勉誠出版）

刊行順。①は、二〇〇三年の『本道樂』（講談社）に対して、いわば列伝編である。古典の本の、何行かの紹介文でしか会えなかった研究者たちが、目の前に現れる。中野三敏という定点から見た、生きた《人びと》が描かれている。②は、聞き書きの第一人者による、見事な一冊。仲代達矢に始まり、春風亭小朝に至る十六人が語る。それをこのような形に定着させるのは、この人にしか出来ない。思わずどきりとするような言葉が、すくい取られている。③は、どこを開いても面白い。横光利一の死について読んでいたら、その先の昭和二十三年九月の注に、こう書かれていた。（この原稿を書いている時点では）先週、放送の終わった朝ドラのモデル大橋鎮子が、『日本読書新聞』にいた時、原稿は《「出来ていない」と五回も言われて泣いてしまい、驚いた川端が目の前で書いてくれた》と。

さて、②について、《どきりとする》と書いたが、『不機嫌な作詞家　阿久悠日記を読む』三田完（文藝春秋）中の、山口百恵が阿久のあるひとことを忘れなかったというくだりにもまさに、どきりとした。

『清水文雄「戦中日記」――文学・教育・時局――』（笠間書院）は、よく出してくれたという一冊。休みなく書かれた日記は、その時代を知る第一級の資料だ。

●2017年度

①『定本 夢野久作全集 2』（国書刊行会）

②『藤原定家全歌集』上・下（久保田淳校訂・訳／ちくま学芸文庫）

③『くらべる値段』おかべたかし・文、山出高士・写真（東京書籍）

①編年体を原則とする全集。第二巻には、昭和六年初めから八年初めまでの小説――『犬神博士』や「狂人は笑ふ」中の「崑崙茶」といったわたしの大好きな作品など――が収められている。全集とは進化するものだ。新全集の出る作家とその読者は幸せである。谷口基氏の解題も、全巻購読者への特典も、何といいますか、凄いです。普通じゃない。②去年、角川ソフィア文庫から出た『釈迢空全歌集』（岡野弘彦編）は『折口信夫全集』がうちにあっても買う本だった。この『定家』も最初から最後まで通して読みはしないが、信頼出来る事典のように身近に置いておきたい。今年、『塚本邦雄全歌集』が文庫で出たというのにも、そういう形で出る意味がまたあると思う。ところで、本に関する小説や文章のアンソロジーは多いが、ちくま文庫から『ビ

ブリオ漫画文庫』（山田英生編）という、コミック集が出たのは嬉しかった。③本でなければ出来ないことをやっている。高いものや安いものを笑うのではなく、その値段の意味、それぞれの良さをきちんと語っている真っすぐな姿勢が心地よい。

今は、『ありふれた教授の毎日』中村幸一（作品社）を読んでいるところ。上村隆一名義の前巻『中村教授のむずかしい毎日』同様、創作者が作ろうとして作れない《毎日》の味に引き込まれる。

●2018年度

① 『ぼんぼん彩句』宮部みゆき（KADOKAWA）

② 『久保田万太郎の履歴書』大高郁子絵・編（河出書房新社）

③ 『文豪の朗読』朝日新聞社編（朝日選書）

①三つの句を題として書いた三つの短編がまとめられている。『俳句』六月号付録。この試みをこの形にした作者と編集者に拍手。素晴らしい。少年の日、別冊付録にときめいたことさえ思い出す。作品はいずれ、文庫版などでも読めるのだろう。しかし、《分売不可》と書かれたこの一冊を、今、手にしていることが、

とても嬉しい。
②《ぼくは》と書き出され、描き出される久保田万太郎伝。絵と文で、現代ではあまり知られていないであろう作家の一生が語られる。例えば、文科の教室《ヴヰッカス・ホール》というところでは、ちゃんとその絵が出て来る。愛のこもった絵が実にいい。
③昭和四十一年刊行の『現代作家自作朗読集』（朝日ソノラマ）を持っている人は少なかろう。中で長谷川伸が語っていることについては、かつて『いとま申して2　慶應本科と折口信夫』（文春文庫）の中に書いた。③はその副読本としてまことにありがたい。無論、これだけ読んでも、面白く貴重な一冊。
さて、河合隼雄と松岡和子の『決定版快読シェイクスピア』（新潮文庫）は、ただの復刊にあらず。松岡が、これで《河合先生の見事な『タイタス・アンドロニカス』論が日の目を見られ》ると喜んだ、嬉しい嬉しい一冊。

●2019年度
①『森鷗外』今野寿美　（笠間書院）
②『本にまつわる世界のことば』温又柔、斎藤真理子、中村菜穂、藤井光、藤野可織、松田青子、宮下遼著／長崎訓子絵　（創元社）
③『アリバイ』A・クリスティー原作、M・モートン脚本（山口雅也訳／原書房）
刊行順。二月が①。歌人としての森鷗外について、手に取りやすい形で教えて

くれる。正宗白鳥が『文壇五十年』で鷗外を語る手掛かりとした「緋《ひ》綾子《りんず》に金糸銀糸の総模様五十四帖は流転のすがた」の歌も出て来る。／五月が②。各国の本に関する言葉を題材としたショートショートやエッセイが集められている。松田青子の「ななめ読み」などなど、本好きの集まる朗読会で使ったら——と思う。ロシニョールとはナイチンゲール。十九世紀フランスでは売れ残りの本のこと——なんて知らなかったなあ。／六月が③。『奇想天外の本棚』というシリーズ、最初の一冊。『アクロイド殺し』を戯曲にしたもの。以下、『首のない女』C・ロースン（白須清美訳）、『八人の招待客』Q・パトリック（山口雅也訳）と刊行中。横文字不得手の身には、海外のお宝本を探し、読ませてもらえるのがありがたい。

④九月には『この名作がわからない』小谷野敦　小池昌代（二見書房）何十年も前に歩いた古里の風景の、ありきたりの角度からでない絵を見るようで、その道にまた足を向けねばと思う。／⑤十月には『芥川龍之介　家族のことば』木口直子編（春陽堂書店）さまざまな思いの断片が積み上げられ、ひとつの塔を作る。

（「本の雑誌」2002〜2020年1月号）

思わぬところで坪内逍遥

しばらく前のことだが、銀座の資生堂である催しが行われた。正式名称を書くと長くなる。『現代詩花椿賞30回記念アンソロジー』刊行記念トークイベント「うたのことば　ことばのみらい」である。

小池昌代、穂村弘、川上未映子の三氏がこれぞという歌を流し、それについて語る——という、楽しいものだった。

穂村さんは、読者にもおなじみだろう。例えば、『なごり雪』について、

——《去年よりずっときれいになった》っていうけど、《汽車を待つ君の横で僕は》とか《こわくて下を向いてた》とか、見てないんだよね。直視してない。その男心にうたれる。

など、《なるほど、穂村さんがそこにいるんだなあ》と思わせてくれる言葉が続い

た。

メロディにのせて歌うための歌詞と、読まれるための詩について——の話にもなった。

穂村さんは対談集『どうして書くの?』(筑摩書房)の中で、凡庸な詩でも《歌われると、なぜかめちゃくちゃ感動してしまう》ことがあるといっていた。このトークでも、テキストだけで立つものに対し、《歌の力》ということについて語った。裏返せば、《軍歌など感動したくないものに感動させられてしまう恐ろしさ》に繋がるという指摘もあった。

川上さんも《現代詩的な歌詞は作らない。歌われるための言葉を使う》といい、小池さんは《西脇順三郎は音読されることを拒否した》と語った。

要するに歌詞は《歌われる》ことによって特別な輝きを見せる、詩とはまた違った言葉である——ということだ。

さて、実はこの話を聞いていて、わたしは坪内逍遥のことを思った。そんな人はまず、一人もいなかったろう。そこが面白かった。

『三絃の誘惑　近代日本精神史覚え書』樋口覚(人文書院)に、こういう一節があるのだ。

坪内逍遥は『近松之研究』の中で《近松の作品を「読む戯曲《レーゼドラマ》」として解読した。いわゆる院本《まるほん》批評であるが》そういう文学的読み方は的外れだ。《浄瑠璃は「人形にかゝるを第一とす」ると考えた近松自身の考えと合致しない》し、わたしは《杉山茂丸《しげまる》が「三味線弾が一段の義太夫を懐と脳髄に畳み込んで、デンと一《ひ》と撥《ばち》弾いたのが此の世あの世の界《さかひ》であった、太夫も三味線弾きも、其一段の義太夫の為めに、死せずんば已《や》まぬと云ふ決心」と書いたように、音曲にぞっこん参ったという経験があるからだ》
――と。

確かに、文楽や歌舞伎の台本を近代的な目で見たら、おかしいどころか腹の立つものさえある。しかし、それが舞台の上では作品として、見事に成立する。トークを聞きつつ、その不思議さを思った。

動かぬことば

今年の春、新潮社の雑誌『考える人』で「小林秀雄　最後の日々」という特集があり、CDがその付録となった。一九七九年七月に行われた、小林秀雄と河上徹太郎の対談を収録したものである。文字の形では、同年の『文學界』十一月号に掲載されたが、無論、そちらは形を整えられたものである。

書き手は文章として発表されたものに、責任を持つ。本来は《材料》である筈の録音が、公にされることに反対の方もいるだろう。わたしも基本的にはそう思う。だが、これだけの年を経ており、何よりも小林と河上の対談であるなら、それを聴けることの意味は大きい。

聴いていたので、大岡昇平の『成城だより』を読み、一九八〇年――つまり、対談の翌年、九月二十二日のところに記される《河上徹太郎死去の報届きあり》が、生々

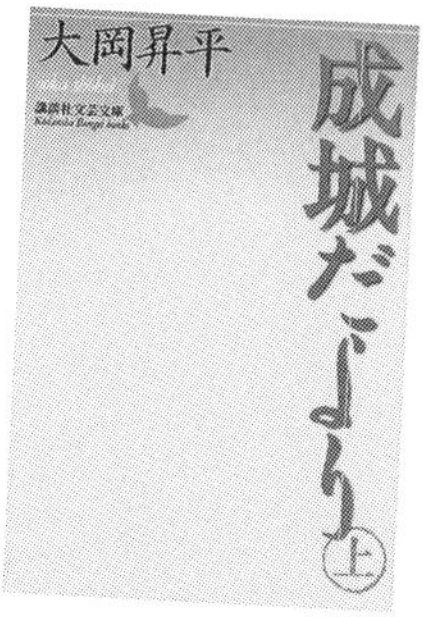

しく胸に響いた。
《筆者生意気盛りの十九歳の五月より、五十二年来の先輩。成城高校二〜三年の一九二八年（昭3）、二月に小林秀雄を知り、三月中原中也、五月河上と続いて、めちゃくちゃの文学生活となる》。河上は見舞われるのを嫌った。《見舞客の気を察し、気を使ってくたびれてしまうのである》——と、大岡は書く。

十月七日、河上の告別式があったが、体調のすぐれぬ大岡昇平は出席出来ない。六日のところに《九日は岩国へ帰って市葬となる。岩国市名誉市民だからである。小林秀雄がずっと附合う。昨年十一月「文學界」五〇〇号記念号の対談では、「お互いに葬式に出るのはよそう。君子の交りは水の如しで行こう」といったのに。（中略）多くの友人に守られて郷里に葬られる徹ちゃんは仕合せともいえる》。

そして八日の記述となる。

東京新聞夕刊、河上葬儀の模様伝える。（中略）ただし小林葬儀委員長の挨拶の中に、「二人でイッパイやった時、これが今生の別れの杯だと言ったのだが、その時の河上は実に穏やかな顔をしていた」とあるのは誤報なり。いくら親友でも、面と向って「これが今生の別れだ」なんていえやしない。

もっともである。ここだけを読んだら、わたしも頷いたろう。しかし、CDの中で交わされたやり取りには、《今生の別れ》という言葉があった。昔の風を耳にするような響きが、必然のものとして出て来た。だが、《いくら親友でも、面と向って》そんなことは《いえやしない》のも確かだろう。

念のため聴きなおし、疑問が解けた。

《今生の別れだな》といったのは、河上なのだ。小林がそれを受け、《今生の別れでもいいや》といっている。それから、時の重みを受けた黄金のようなやりとりが続く。

わたしは、このCDを聴けてよかった――と、改めて思った。

山中の美女

書く――となれば、出典にあたる。ところがしゃべっている最中、ふと浮かんだことはそのまま口から出てしまう。

早稲田大学で、太宰治の『津軽』について話していた時、《蛇と百足《むかで》》のイメージが頭をよぎった。蛇蝎《だかつ》のごとく、というように《蛇とサソリ》こそ嫌われるものの代表だ。しかし、後を《百足》に置き換えてもかなり嫌だ。

わたしは、こんなことをいった。

「そういえば、『津軽』の中に太宰の姪が出て来る。結婚はしてるけど、まだまだ若い。一緒に歩いてると、蛇が出て来た。女だから、わっと逃げるかと思ったら、とんでもない。木の枝で刺して、やっつけてしまう」

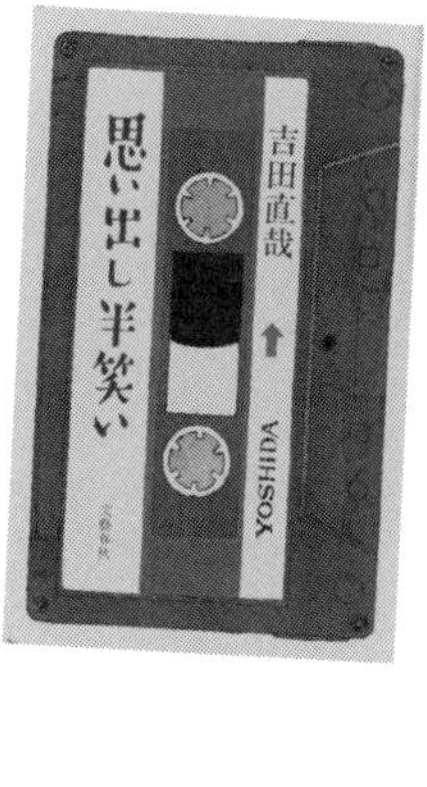

実はこれ、次の話の枕である。気になったので後から『津軽』を確認した。すると、

――しまった、間違っていた。蛇を刺したのは、同行したアヤだった。《アヤ、と言っても、女の名前ではない。じいや、という程の意味である》と、太宰がわざわざ注をつけている。姪の陽子については、そのアヤが《陽ちゃまは、きのこ取りの名人です》と語っていた。蛇になど手は出さない。学生には翌週、お詫びして訂正した。

さて、この時、本当にしゃべりたくなったのは、次の《百足》の件だ。吉田直哉の『思い出し半笑い』の一節が、この時、忽然とひらめいたのだ。

吉田はＮＨＫの仕事で、寺山修司と滋賀の山中に行く。

泊まったのは、《畳が湿っぽく、ぶかぶかする》ような宿だった。失敗したと思っていると、《抜けるように色の白い、すごい美人が、夕食の膳を捧げて部屋に入って来たのである》。意外な展開だ。《愁いをおびてあまりにも美しい》。

見とれていたが、ふと気づくと畳の上に無数の百足が這い出している。寺山も吉田も悲鳴をあげて立ち上がった。ところが彼女は――《「おきらいですか？」と言うなり、素手で片っぱしから叩きつぶしはじめた》。

《翌朝、美女の姿は見えず、見送ってくれたのはネズミのような老婆だけだった》。

この話を読んで忘れられる人がいたらお目にかかりたい。まさに、泉鏡花の世界だ。

寺山は帰りの山道で、俳句を披露する。

「春寒や百足殺せし女と寝る――というんだけど、どうです？」

わたしは、この本をハードカバーで読んでいた。うちのどこかにある筈なのだが、探しても見つからない。調べたら幸い、文春文庫になっていた。あたってみると確かにこの通り。記憶の勝負は一勝一敗だった。

ともあれ『津軽』……蛇……殺す、からこのエピソードが浮かんだ。そうなったら、余談であろうと話さないわけには行かない――と思うが、どうだろう。

旦那は迷惑

山崎佳男の『父、圓生』（講談社）を読んだ。六代目三遊亭圓生について書かれている。

五代目追善の会が昭和四十年十月に行われた。その時の口上の一節がいい。桂文楽の素人義太夫について《あれは酷い、驚きました。あの人が義太夫の稽古をはじめたんで、あそこの弟子が五人日本から脱走していま北ベトナムのほうにいるということを、この間モスクワ放送で聴いたように思いますが》……と語っている。無論、下手な義太夫を聞かせようとする旦那の登場する『寝床』が、文楽の十八番だから面白いのだ。

さて、その六代目の、昭和十二、三年頃のエピソード。放送局から《『百川』をお演りになりますね》という電話があった。当時は何としてもラジオに出たかった。《演

ります》と答えて練習を始めた。すると、春風亭柳橋が『目黒の秋刀魚』を教えてくれ——という。やがて放送局から届いた番組表を見ると、《久保田万太郎選、「喰物連夜三題」としてあり》、金原亭馬生（後の志ん生）の饅頭と共に二人の、金団《きんとん》、秋刀魚の噺が並んでいた。《圓生《ちち》も柳橋さんも、知らぬ噺を引き受け、慌てて稽古をしたわけで、あとで顔を見合わせ大笑いしたということである》。

ところで、戸板康二の『万太郎俳句評釈』（富士見書房）には、こんなことが書かれている。久保田万太郎は《三越名人会・落語会の創設者でもあったが、昭和六年から、東京中央放送局の演劇課長兼音楽課長に就任、以後足かけ八年勤務した》《三越落語会でも「若旦那の周辺」というような企画を立てたりしている》。こういうことが万太郎の趣味であったと分かる。そして、戸板康二自身も、

万太郎の真似をして、特集をしきりに考えた。「東京名所」「動物づくし」「金」といった場合は無難だったが、「酒」の特集ということになると、七席とも酔っぱらうはなしにならざるをえない。（中略）三遊亭円生が劇場の後方の席で聴いている私の前で、「特集ってやつは、あとから出る者が迷惑します。また酔っぱらいかといわれたらかないません」とマクラでしゃべったので、うろたえて、以後、やめ

てしまった。そのころ、万太郎はもういなかった。

特集を企画する方は楽しかったろう。俺のセンスを見てくれ——と鼻をうごめかしたに違いない。しかし、演者が自分で考えるならともかく、旦那の趣向に付き合わされるのでは、正直、迷惑だ。

圓生のしかめた眉、はっとした戸板の眼鏡越しの眼が見えるようではないか。

戦前から戦後という時を経て、三遊亭圓生が、そういうことをいえる存在になった——と分かる。並べて味の出るこの二つのエピソードを、一緒に引ける人も少ないのではないかと思い、ご紹介する。

活字にならない話

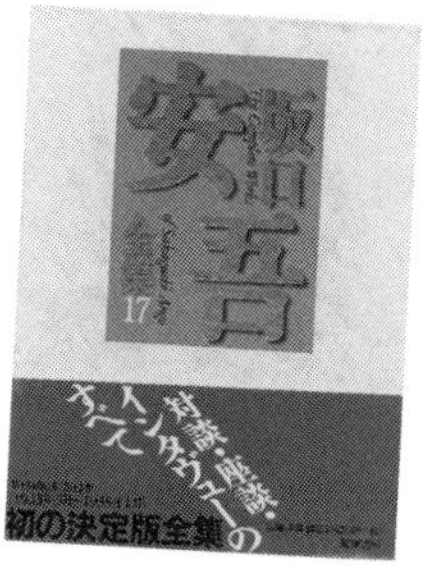

筑摩書房の坂口安吾全集第十七巻の帯には《対談・座談・インタヴューのすべて》と書いてある。要するに、帯は切れてなくなりやすい。うちの本にはそれがあると自慢しているわけだ。

ここに昭和二十二年五月に行われた、尾崎一雄との対談が収録されている。対談といっても、もう一人、《編集者》という名の発言者がいる。解題によれば、これが尾崎士郎である。こんな風にはじまる。

編集者　（前略）エゴイズムとヒューマニズムが非常に問題になっているが、エゴイストというものがあるのか、ヒューマニストというものがあるのか、人間にロマンチシズムとかヒロイズムということになると僕らにも分るが、エゴイスト、ヒューマニストというものになると、どういう人間がエゴイストで、どういう人物がヒューマニストであるか、これを文学的にまず検討して頂きたいと思うが、どうですか（坂口氏に）。

坂口　わからんですよ。

いいなあ。ところで、話が進むと尾崎一雄がこういう。

尾崎　坂口君のこのごろ書いている、つまり目的をはっきりした小説とか、まえに出た短篇集（「炉辺夜話集」のこと）、あれにある含みのある小説、両方あるけれども、つまり含みのあるという意味で、僕はあの短篇集のは好きだね。あの本は僕の愛読書の一つだ。

『炉辺夜話集』には傑作「紫大納言」などが収められている。さて実は、このあたりで、活字にならないやり取りがあったのではなかろうか。尾崎一雄の「盛夏抄――志賀先生の本のこと・その他――」の中に、こういう一節がある。

私は贈られた署名本は貸さないことにしてゐる。去年、かねてからの私の愛読書の一つ、坂口安吾の『炉辺夜話集』（スタイル社刊）を、外ならぬ尾崎士郎だからと渡したところ、鷹揚な彼のことで、誰に貸したか又貸しの、つひに行方知れずになつた。今年の初夏、座談会で士郎、安吾、私と三人落ち合つたとき、私がこのことを言ひ出したものだから、物に動じない癖の尾崎士郎も極度に狼狽して百方陳弁につとめたのは、なかなか愛嬌があつた。

尾崎一雄は前記の発言に続けて、《そういやあ、お前、あの本は――》といい出したのではないか。目の前に、著者であり、本の贈り主である安吾がいる。うろたえる『人生劇場』や『大逆事件』の著者の姿が見えるようだ。どうでもいいことだから活字にはならない。だが近頃は、こういう、どうでもいいことが楽しく思える。

小林秀雄語る

『小林秀雄　学生との対話』国民文化研究会・新潮社編（新潮社）は、小林が九州で行った講演と対話の記録である。これまで一部が発表されていた対話の全貌を知ることが出来る。時と所を別にして、そこに居合わせることの出来なかった者には、まことにありがたい。

　講演の口調が、古今亭志ん生に似ていることはカセット版発売当時からいわれていた。巻末の文章で、池田雅延氏が《これはたまたま似ているのではありません。講演に臨んだときの聞き手への接し方、自分の伝え方、それらを小林は、意識して志ん生に学んだのです》と書かれている。この《学んだ》の三文字が落語好きにはたまらなく嬉しい。はるか昔のことになるが、カセット版に寄せられた文章でその類似を述べられた方は、確か《失礼ながら……》といった調子で書いていた。わたしは、それを読み凶暴なといっていい怒りにかられた。志ん生を小林より下に見、それを少しも疑わない。許されることではない。山と海は比べられない。それは、小林秀雄への敬意とは全く別のことだ。

それはさておき、『おとこ友達との会話』（新潮文庫）の中で、白洲正子もこう語っている。講演がうまくいかないと小林は《一生懸命になる人なの。パーフェクトにしなくちゃいやで、志ん生の全集で勉強した、間から発音の仕方から全部勉強したのよ。鎌倉の海岸を歩きながらお稽古したんだって》。——なるほど《勉強》している。

対話の方の、素のやり取りも、いうまでもなく豊かだ。

藤枝静男に「志賀直哉・小林秀雄両氏との初対面」という文章がある。昭和三年、奈良での話だ。現れた小林の友人が、正宗白鳥について語る。小林は、

「そりゃ炯眼だな」と褒めてから「しかし炯眼なんてものは何にもなりやしない」とやっつけた。しばらくして「君は茶碗という字を見たらどういうものを想像する」と聞かれた。

「それは普通の茶碗です。白い、飯を食べる」「そうだね。君はそうだろう。けど他の人はこういう」と云って紅茶茶碗をもち上げて「茶碗を頭に浮べるかもわから

ないぜ。そんなら茶碗と云ったって実はちがうだろう。言葉なんて何だってそうだ。自分が考えてるのと全然同じことを相手に伝えることはできやしない。このことをよく知りもしないで生意気云ったって駄目だ」ときめつけるように云った。私は成程その通りだなあと思った。しかし随分吹く人だと感心した。

文字だけでも伝わる。それが本来の味わい方だが、学生とのやり取りの録音を耳にしていると、この部分から、若い小林の声が聞こえて来るのも事実だ。そして、奇しくも『小林秀雄　学生との対話』裏表紙の写真で小林は、紅茶茶碗を手にしている。

驀進する桂郎

石塚友二の『日遣番匠』（学文社）を読んだ。石川桂郎について、何か書かれていないかと思ったからである。

俳人石川は、また優れた散文作家でもあった。その『剃刀日記』から何作かを選び、ちくま文庫から出ているアンソロジー『名短篇ほりだしもの』に入れた。これが大変好評だった。作品の力である。パーティなどで会う人の口から、『剃刀日記』のことがよく出て来た。

「もっと読みたくなって、買ってしまいました」

そうなる本だが、実はあのアンソロジーが出てから、古書価が上がった。ちょっと手の出ない値段になったらしい。それでも読みたいという欲求には勝てない。その方は、「えいやっ」と掛け声をかけて買い、読み終えて満足、全く後悔しなかった――

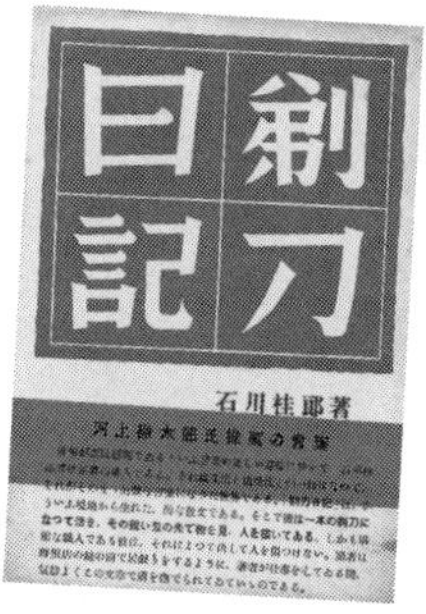

という。百円でも、高い本は高い。一万円でも、安い本は安い。当然のことだ。しかし、申し訳ないことに（というところに、いささか自慢が入るのだが）、わたしは、目黒書店版を二冊持っている。しかも、そのうち一冊は、河上徹太郎の推薦の言葉の載った帯付き美本である。さらに申し訳ないことに、わたしはこれを三百円で買った。この辺が古書店巡りの醍醐味である。ふふふ。

『剃刀日記』はその後、より完全な形で烏有書林から出たことを付け加えておこう。

さて石川は、石田波郷の主宰する俳誌『鶴』の同人であった。そして、石塚友二の『日遣番匠』は『鶴』に連載された随筆である。ここで繋がる。

読んで行くと、句会後、神保町のビヤホール、ランチョンで飲む場面がある。《結城か何かの渋い縞の上下に、木綿の紺足袋を癇性にはいた長髪長身、痩軀で顔面青白い一見下町住ひの文学青年と覚しいのが》いた。宴が終わろうとすると、

この瞬間まで処女の如く在つたこの青年が文字通り脱兎の勢ひで椅子を蹴つて勘定台に向つて驀進したのである。気がつき狼狽しながら後を追つて、「ここは僕らの縄張りなんだから、そんなことをされちやア……」と私達の誰かがいふのも耳に入れず十円札で素早く勘定を済すと、「いえ、今度からきつと御馳走

になりますから、今日だけはあたしにさせて下さい。それでないとあたしの気持が済みませんから。」

そんな風にいつて、襟の乱れを細長く筋張つた指先で掻き合せた。自分のことをあたしといふところにも雰囲気の新風が感じられた形であつたが、この青年が石川桂郎といふ妙な名前で鶴俳句の巻頭を取つたのは、その直後のことであった。

昭和三十年一月とあるがそれは掲載号のこと。ここに書かれているのは戦前、昭和十二年の話である。

五十六年後

小山清に、『二人の友　津軽人太宰治ほか感想・小品九十篇』（審美社）という本がある。

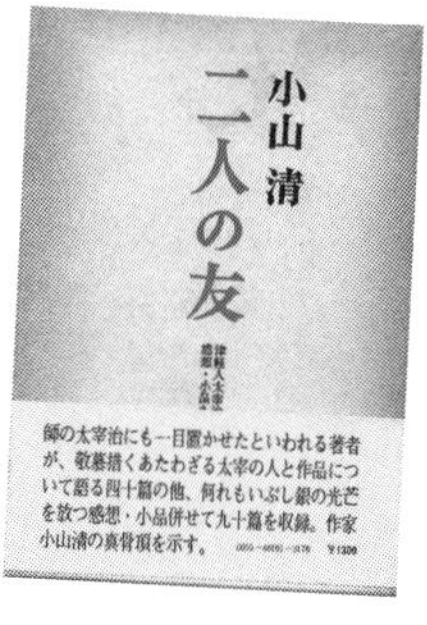

小山は筑摩書房と縁が深い。全集も筑摩から出ている。また、昭和四十五年の『日本短篇文学全集　第四十四巻』には、小山の「小さな町」が収められている。戦前の竜泉寺町で新聞配達をしていた頃の生活が書かれている。文字通り小さな町の、小さな物語である。浅見淵は、その解説で《太宰治の文学の根幹をなす無垢な精神といったものを正統的に継承した、その唯一の後輩である。これから、愛読者がぞくぞく増えて行くのではないか》といっている。ぞくぞくではないが、限られた人々に今も確かに読まれている。

小山は昭和三十三年十月に失語症となり、筆を執れなくなった。生計を支えた妻が三十七年、自殺。別所直樹の書いた『二人の友』解説によれば、《わずか十二錠のブロバリンが衰弱した夫人の生命を奪ったのである》。小山は昭和四十年に逝った。『二人の友』刊行に、間に合わなかった。遺体の焼かれる時、再校のゲラが添えられた。

この本に、昭和三十三年二月の『東京新聞』に載った文章が収められている。「二つの質問に答える」として、②には《新聞をひらいてプログラムを見、三亀松の名前があると、ついダイヤルを合わせる。浅草の万盛館できいたのが最初だが、いまなおその声の水々しいのには驚く。やはりかけがえのない人である》と書かれている。ラジオについてのアンケートだったのだ。《お気に入りの歌手、芸人は？》と聞かれたのだろう。

わたしも小学校の途中まで、ラジオを聞いて育ったから、《新聞をひらいてプログラムを見》――という感覚は、よく分かる。柳家三亀松の三味線漫談なら、今もＣＤで聞ける。

さて①の質問だが、おそらく《お気に入りの番組は？》ではないか。小山は、こう答えている。

ラジオ東京、水曜日の夜九時三十分からの放送番組「しろうと寄席」を時々きいているが、最近毎回出演している高校三年生の落語には感心した。実にいい味を持っている。この人は落語家に生まれついているのだ。本職になればいい。

幼かったわたしは、九時に寝ていた。「しろうと寄席」は聴けなかった。

小山清は、芥川賞候補に続けてなり、充実した作家生活を続けていた。天才高校生の落語は、半年後、病に筆を奪われる彼の耳を楽しませ、舌を巻かせた。

時は流れ平成二十六年、柳家小三治が落語家として三人目の人間国宝となった。朝日新聞の「ひと」欄は伝える。小三治は《素人時代にラジオ番組「しろうと寄席」で15週連続勝ち抜きを達成した》——と。

ソクラテスの「よし来た」

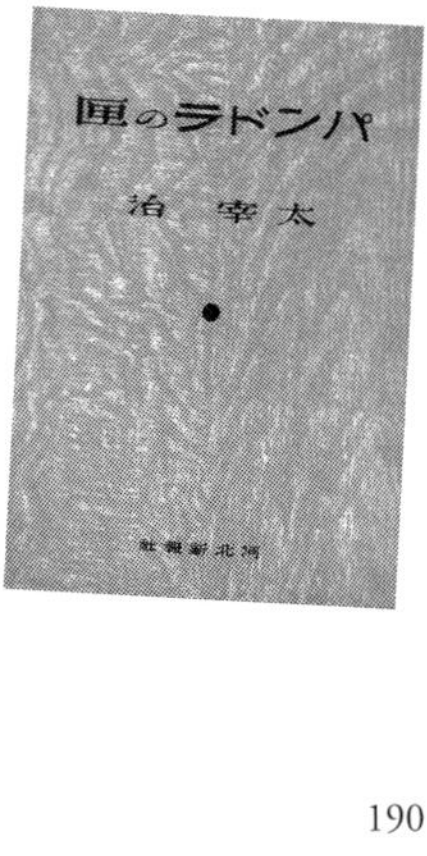

太宰治『パンドラの匣』の舞台は、「健康道場」という結核療養所だ。ブラシでの摩擦や、手足腹筋の屈伸鍛錬といった日課が続く。昔、結核になるのは、生との決別の鐘を聞くようなものだった。回復に向かうためには、まず心を折ってはならない。絶望しないことだ。

「ひばり。」と今も窓の外から、ここの助手さんのひとりが僕を鋭く呼ぶ。

「なんだい。」と僕は平然と答える。

「やっとるか。」

「やっとるぞ。」

「がんばれよ。」

「よし来た。」

この問答は何だかわかるか。これはこの道場の、挨拶である。助手さんと塾生が、廊下ですれちがった時など、必ずこの挨拶を交す事にきまっているようだ。

《ひばり》とは主人公小柴利助の、この施設における呼び名。《こしばりすけ》が《こひばり》に通じるところから付けられた。今なら看護士さんに当たる助手さんが、患者である塾生に、右記のように呼びかける。それは《生きよう》という声でもあり、返って来る《よし来た》は《生きる》という答えでもある。これを、声に出していうところに意味がある。

話はかわって『野上弥生子日記』大正十四年三月二十六日には、こうある。

午後プラトンのプロタゴラスを読む。菊池氏の訳は平明で大さう分かりよく自分等の如き初学者には結構であるが、ソクラテスの言葉として、『よし来た』にはびつくらしておかしくなる。あれはなんというギリシヤ語を訳したのだらうといつもおもふ。

そこで、うちにある藤沢令夫訳『プラトン　筑摩世界文学大系3』の「プロタゴラス」を開く。出だしのところで、《話してくれないか》といわれたソクラテスが、《言うにやおよぶ。聞いてくれるなら感謝したいくらいだ》と答えている。問題の箇所は、ここではないか——そう思って菊池慧一郎訳『プロタゴラス』にあたると違った。《言うにやおよぶ》は《よからう》で、その後の、彫刻家とのやり取りの中に、《よし来た、僕と君とは……》という言葉が出て来る。

ソクラテスといえば大哲学者、おじいさんというイメージがある。『野上日記』だけ見ると、《よし来た》は何ともおかしい。哲学者でも古代ギリシア人でもなく、その辺のあんちゃんのようだ。

しかし、『プロタゴラス』に登場する彼は、実は白髯の老人ではなく、知的闘争心にあふれた青年なのだ。そう考えると、菊池訳にも、味がある。

ひばりとソクラテス。音読するなら、どちらの《よし来た》も、元気に読みたい。

『名作』を作る日

掌編「朝飯」、スタインベックの作。

安岡章太郎訳は《よろこびというのは、こういうことじゃないか》と始まる。さすがの入り方だ。《パンにベーコンの肉汁をたらし、コーヒーに砂糖を入れた。老人は口いっぱいに頬張って、ぐしゃぐしゃ噛んで呑み下した。そして言った》。この後が何と訳されているか。《ちきしょうめ、うめえなァ》となる。まさに、今、そこで発せられたようだ。原文は《God Almighty, it's good》。昔の《ちきしょうめ》が、今の若者が口に入れていう《ヤバイ》より生き生きと感じられる。

　このままなら安岡訳が決定版ということになるが、翻訳は時代と共に古びる。この《ベーコンをいためたりパンを焼いたり》しているのが《竈《へっつい》》になっている。そこはつらい。へっついといわれると、わたしなどは、どうしても落語の世界を思い浮かべ

てしまう。
ともあれ安岡章太郎は、この短編になみなみならぬ思いを抱いていたわけで、それはわたしが学生の頃に出た『新潮世界文学』の内容見本にうかがえる。当時の代表的文人達が、それぞれ海外作家について語っていて、まことに読みごたえがある。スタインベックを担当したのが安岡で、こう書いている。

スタインベックのなかでもとくに私は初期の短編が好きだ。たとえば、旅人が通りがかりの百姓家で朝飯を食わせてもらう『朝飯』という話……。四百字詰の原稿用紙にしてせいぜい十枚程度の短文だが——、ひとりの寡黙な百姓女のなかに、土に根ざした文化に見棄てられたアメリカ人の欲してやまない〝母性〟が、じつに端的に描き出されておりその緊迫した素朴な文体は、ほとんど聖書に匹敵するといいたいほどの美事なものだ。

これが全文。面白いのは「朝飯」が『新潮世界文学』収録作ではないことだ。編集部も困ったろう。それだけに胸に響く。この作品は、教科書に採られたこともあるようだ。無論、作品の力だが、名作という定評が出来るのに、安岡の賛辞が影響を与えていない筈はないと思う。

ところで、生島遼一の『鴨涯雑記』を読んでいたら、泉鏡花の「貝の穴に河童の居る事」は、堀辰雄が《読んでいるうちに何かしら気味悪くなってくるような》《奔放な、しかも古怪な感じのする作品》《秋成の「春雨物語」を除いては他にちょっと類がないのではないか》とほめたので、有名になったという。

実はこの作品、四十何年前に読んだ時、《面白い選択眼だな》と思ったものだ。時を経て、文藝春秋の『現代日本文学館3　幸田露伴・泉鏡花』に収録されている。

——堀辰雄の補助線があったのか。

と、納得。昔の問いに答えをもらったような気になった。

道筋はさまざま

桂枝雀の英語落語はCDにもなっていて、広く知られている。ところが桂米團治は今度、フランスで、フランス語で演じるという。小話と「動物園」をやるらしい。

わたしが育ったのは、ラジオ落語華やかなりし頃だ。「動物園」も、何度か耳にしていた。なるほど、その面白さは万国共通だろう。――ネタばれになるといけないから、あえて内容には触れずに続ける。

さて、わたしは中学生になった。図書館に、少年探偵団ものではない江戸川乱歩のシリーズが入っていた。『赤い妖虫』や『蜘蛛男』などだ。今にして思えば、ポプラ社の『名探偵明智小五郎文庫』だったろう。これが、とんでもなく面白かった。その中に『人間豹』も入っていた。

『人間豹』といえば、創元推理文庫版の帯に《文代さん　危うし！》と書かれている

通りのことが起こる。ヒロインが熊の毛皮を着せられて……という、忘れ難い場面がある。いやはや、危うい――以上である。

わたしは、落語の「動物園」を小さい頃から刷り込まれている。当然、『人間豹』の下敷きはそちらだと思った。

その頃から、ミステリを読み始め、何とかして乱歩の『幻影城』を手に入れたいと思っていた。ところが、これが難しい。やっと買えたのが、岩谷書店版の『探偵小説三十年』。これはもう、何度読み返したか分からない。宇野浩二という名も、乱歩が愛読する作家としてあげていたから、そこで覚えた。

年月は流れ、神保町の古書店街を歩いていたら、ほるぷ出版の『名著復刻日本児童文学館』が出ていた。中に、宇野浩二の童話集『赤い部屋』があった。大正十二年、天佑社版の復刻である。これは、即買いだ。《宇野浩二》で《赤い部屋》。乱歩に繋がる言葉が重なっている。

驚いたことに、その中に「熊虎合戦」という一編があった。要するに――「動物園」である。

――してみると、乱歩が下敷きにしたのはこちらか。

と、発見の喜びに浸った。

だが甘かった。奥には奥がある。さらに時は流れ、国書刊行会から、西崎憲編訳の、A・E・コッパード短編集『郵便局と蛇』が出た。これを見て、またまたびっくり、中の「銀色のサーカス」が、「動物園」なのだ。西崎氏は、宇野浩二に「化物」という同趣向の短編があることを上げ、落語との関連についても詳細に語っていた。

そこで「化物」を読んでみると、物語の入り方から雰囲気まで、まさに乱歩好みだ。面白かったのは、わたしが、落語――『人間豹』――「熊虎合戦」――「銀色のサーカス」――「化物」と来たのに、西崎氏は「銀色のサーカス」――「化物」――落語と進んだことだ。

歩む道は人によって違う。このことを、新保博久氏に話したら、にっと笑って――ということろで、以下、次回。

『赤い部屋』と「赤い部屋」

前回の続きである。

今から十年ぐらい前だと思うが、新保博久氏に、こういった。

「乱歩の『人間豹』のクライマックスは、宇野浩二の短編に影響を受けて書いたんだと思います」

すると新保氏は、こともなげに、

「それは、周知のことです」

と、おっしゃった。

新保さんは、光文社文庫版『江戸川乱歩全集　探偵小説四十年（上）』で、乱歩の（宇野浩二には）《人間が熊になる話だとか沢山探偵味に富んだものがあるではないか》という文に対して、この《話》は「化物」、宇野は後に「熊虎合戦」という題で書き直し、童話集『赤い部屋』の一編として刊行した――という註釈を付けている。いやはや、何でも知っている人だ。

今回、ここまで書いたところで電話した。「しかし、他の人がそういってる文章は読んだことがありませんよ。――それにしても、宇野浩二の問題の童話集は、何故、『赤い部屋』というんでしょう」

そういう短編が収録されているわけではない。新保さんは、十年経っても昨日のことのように、会話を続けられる。

「うーん。……それは、考えたことがありませんでした」

といいながら、受話器を持ったままで『赤い部屋』を取り出して来た。一体全体、どういう作りの書棚なのだろう。

「大正十二年の本ですね。乱歩の「赤い部屋」の方が後になる。――ということは、あの短編の題は、この童話集から来ているのかも知れません」

これは新保説。わたしは、

「宇野浩二の童話は、雑誌『赤い鳥』に載ったものがほとんどでしょう。『赤い部屋』という題には、それが響いていませんかね」

一冊の本から、色々な説が生まれる。

童話集『赤い部屋』には、「生命の皮」という、題名を見ただけで、元がバルザックと見当のつく作も入っている。わたしは学生時代、バルザックを集めていた。リスト好きだから、原政夫の『日本におけるバルザック書誌』（駿河台出版社）を見て楽しんでいたものだ。それによると『驢皮《あらかわ》』の本邦初訳は昭和十一年。宇野は、原語か英訳を下敷きにして書いたわけだ。当時の作家が、普通にやっていたことだ。「化物」＝「熊虎合戦」もそのひとつだろう。ではその原典は——となると、難しい。

西崎憲氏の編訳になる『郵便局と蛇　A・E・コッパード短篇集』は、二〇一四年、ちくま文庫に入った。この辺りの問題についての、西崎氏の探索に関しては、その解説に詳しい。

後に多くの類似作を生むことになる都市伝説的物語はいくつかある。桂米團治がフランスで、落語「動物園」を演じた時、聴衆の中から、《我が国の、あれと同じだ》と、（フランス語で）いい出す客が現れたら面白い。

ソルボンヌで落語

フランス語で落語――という話に触れたが、NHK出版からは『やさしいフランス語で楽しむ荻野アンナのフラふら落語』という本が出ている。うーむ、こう書いてみると、寿限無寿限無めいた長い題だ。

帯には《笑っているうちにフランス語の力がつく荻野寄席！　1話10分、辞書なしで気軽に読める！》と書いてある。仏文の方は、わたしには読めないが、それでも、おかしい本である。「目黒のサンマ」を仏訳しようとすると、まずサンマでつまずく。あちらの食卓に登場しないからだ。そこで「ル・アラン・ド・メグロ」――本ではあちらの文字だが、分かりにくいのでカタカナで記す――つまり「目黒のニシン」になっている。

要するに、通じるフランス語にしようと、真剣に汗を流してやっている。遊びに一番大切なのは真面目さだ。不真面目に遊ばれたら、腹が立つ。

そこで、フランス語不案内のわたしにも面白かったのが、冒頭に出た「寿限無」。子供の名前を考えてもらいに、神父さんのところに行く。こういわれる。《コムディサンポール、「サンザムール、ジュヌスィリヤン」。ジュテム－ジュテム、サヴディ？・》即ち、《人間、愛がなくてはいかんな。そこで、ジュテム・ジュテムというのはどうだ？》。注に《聖パウロ。「愛がなければ、無に等しい」は『コリントの信徒への第一の手紙』13章2節》とある。――どうです、真面目でしょ？

この本は、生きたフランス語にするため、小池美穂、ヴァンサン・ブランクール両氏に助けていただいたということだ。それにしても、《ジュテムジュテム》は傑作である。これは、どこから出て来たのだろう。

荻野アンナさんにお会いした時、うかがってみた。すると、《寿限無》を《ジュテム》にするのは、前々からの荻野さんの持ちネタだという。

荻野さんといえば、ご専門はいわずと知れたフランソワ・ラブレー。わたしは、小学生の時に、ラブレーを読んでいる――というと偉そうだが、要するに学校の図書館に、創元社の『世界少年少女文学全集』が揃っていたのだ。この中に『ガルガンチュワとパンタグリュエルの物語』が入っていた。原作を、極端に圧縮したものだ。《小学生の時から》ではなく《小学生の時に》なのが情けないところで、異形の物語という印象は強いが、その後、追っかけてはいなかった。

ラブレーと落語について、荻野さんにうかがうと、大いに通ずるところがあるそうだ。ソルボンヌ大学で、そのことを話し、落語を語り出すと、

「欧米のラブレー学者に馬鹿うけでした。本題に入ろうとしたら、司会者から、もうあまり時間がないから、後は、はしょってやってくれと、いわれてしまいました」

桂米團治より先にフランスで落語をやったのは、荻野アンナだった。

瓜二つ、三つ、そして

荻野アンナさんに、うかがった。

「（フランス十六世紀の作家）ラブレーと落語に、相通ずるところはありませんか」

すると餅は餅屋、サブレーはサブレー屋、そして、——ラブレーはラブレー屋だった。

「『ガルガンチュアとパンタグリュエル』の『第三の書』三十七章に、日本の落語と全く同じエピソードが出て来ます」

即答だった。専門家の凄みに圧倒され、

「み、見てみます」

ちくま文庫、宮下志朗訳を開いてみると、おっしゃる通りだった。

とある店の軒先で、ひとりの担ぎ人足が、肉を焼く煙を吸いながらパンを食していたとよ。こうやって食べると、いい匂いが漂ってきて、ほっぺたが落ちそうなほどおいしいんだよ。店の主人は、勝手にそうさせておいたというな。でもって、パンを全部たいらげたなと見るや、担ぎ人足の首っ玉ひっつかまえてな、焼き肉の煙の料金を支払えといったとな。で、人足は、〈食べ物が減っちまったわけじゃないし、あんたのものをなにも取っちゃいないんだから、あんたに借りなんか一銭もないぜ〉と、いったと。

揉めているところに《ジョアンのばか殿さま》がやって来る。そして、人足に銀貨を出させる。焼き肉屋は、しめたと思う。ところが《ばか殿さま》は、店先の台の上で銀貨を何度か鳴らし、

〈本法廷は、焼き肉の煙にてパンを食したる担ぎ人足が、法令に基づき、貨幣の音響にて、焼き肉屋への支払いをおこなった旨を通告する〉

洒落た解決だ。日本の落語では、これが肉ではなく鰻を焼く香りになるわけだ。

《東は東、西は西》という。意味はその通り、要するに文化的な意味で《ところ変われば品変わる》わけだ。わたしは、この言葉を学生時代、岩田豊雄（即ち獅子文六）の戯曲の題『東は東』で知った。『大辞林』を見たら、キプリングの詩から来ているそうだ。

しかしながら、この場合は逆もまた真なり。《東も西も》——ともいえる。人間は結局、同じようなことを考えるものだ。たどっていけば同じ根から出ている話、という見方もあるだろう。そちらが当たっているのかも知れない。とにかく、同趣向の作というのは、あるものだ。

C・モフィットの「謎のカード」には、A・P・ターヒューンの「青い手紙」があり、さらにハリファックス卿の「ボルドー行の乗合馬車」がある。そして、わたしには、半世紀ほど前、他にも、この手の短編を読んだ記憶がある。面白い——と、人に話したのだから確かだと思う。《面白い》から、繰り返し語られるわけだ。それにしても、あれは誰の何だったのだろう。

桂米朝の島田荘司体験

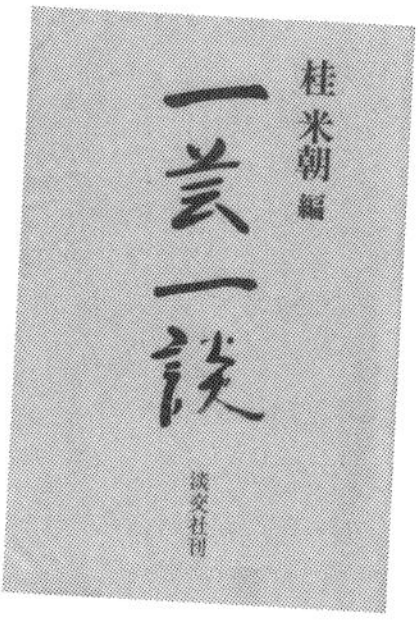

桂米朝が逝った。

今更いうまでもないが、まことに偉大な存在だった。この人がいなかったら、上方落語は、はるかに痩せたものになっていたろう。

半世紀近く前のことである。わたしはラジオの『米朝五夜』という番組で、初めてその声に接した。当時は上方落語が全く視界に入っていなかったので驚き、翌日が楽しみでならなかった。

その後、レコードの全集録音が始まった。たまたまそういう会場に行くと、

「録音があるとなると、終わった途端に拍手する人がいるので……。後でレコードを聞いて、あれが俺だと……」

といっていた。懐かしい。

今回は、若き米朝が島田荘司的世界に紛れ込んだことがある——というお話。島田作品には、ご承知の通り、摩訶不思議な状況が現れる。到底、説明不可能だろうと思っていても絵解きされると、筆の力で、多少（かなり？）無理でも納得させられてしまう。まさに『奇想、天を動かす』というところが醍醐味になっている。

さて、問題の体験は、『一芸一談』（桂米朝編　淡交社）に出て来る。講釈師旭堂南陵との対談中、こんなことが語られる。

米朝　南陵さんとは思い出がいっぱいあって、豊岡のなあ、霧の町をね、酔うてなあ。

南陵　タンバリンの話で。

米朝　そう。死んだ六代目（笑福亭）松鶴、まだ当時は光鶴や。それと米之助とが幼稚園に泊まってて、わしとあんたが「のみに行こ」ちゅうてソーッと脱け出したのに気ィつきよって、タンバリン持って追いかけてきよるのや。「あの二人逃げやがった」いうて。シャンシャンシャンと音出すさかい、じきわかる。「ほら来やがった来やがった」いうてまたずっと逃げて。それで、むこうのほうにキャバレーみたいな建物がある、「あそこへ行こう」いうてな。それがあれや。スズラン灯がね、ずっと町についてた。坂になってるさかい、それが重なって見えるとね、明るいビルに見える。行けども行けどもそんな建物あらへん。見たら、「これ、スズラン灯やないかいな」いうて。それは霧の中で、ちょうどすごいイルミネーションという感じでね。

乳を流したような夜霧の中に浮かぶ、巨大なビルディング。背後にはシャンシャンシャンという音。迫るのが、幼稚園のタンバリンを持った笑福亭松鶴だというのが実にいい。

ミステリではないから解決が先に出ているが《行けども行けどもそんな建物あらへん》というのは、まさに島田作品のようだ。

ビルの消失なんて現実には無理——といわれても、ここでは確かに消えている。

蚊

昔に比べ、蚊が少なくなった。

蚊帳や蚊取り線香には捨て難い風情がある。しかしながら、刺されるのはつらい。この夏も手や足をやられ、痛痒さで目を覚ました。いつの間にか電気蚊取りの薬液が切れていたのだ。

——どこにいる?

と、深夜の捜索をすることになった。

蚊との付き合いが、昔は今以上に深かった。寛政の改革を批判した《世の中にかほどうるさきものはなし　ぶんぶといひて夜も寝られず》など色々なところに顔を出す。

忘れ難いのは、初代柳家小せんが《晩年の高座でしばしば》《唄った》という自作

である。

飲みなれた酒じゃもの　いま少し　もう少し　飲みたいけれど　オイテオコ　生姜もて来い　湯漬けにしよう　月も出ぬかや　風も来ぬ　鳴かぬ蚊が刺す　お時や打てよ　おれの体に血があるか

最初に読んだのは今から四十年ほど前、レコード版落語大全集の解説に出ていた。これほど哀しい調べがあるだろうか、と書かれていた――ような気がする。

今は、矢野誠一の『文人たちの寄席』から引いた。《お時は恋女房の名》。小せんは二十代後半から下半身不随となった。無類の読書家だったが、三十頃に完全に視力を失ったという。その生涯は三十七年。

島崎藤村の「小諸なる古城のほとり」の《緑なす繁蔞《はこべ》は萌えず　若草も藉《し》くによしなし》や、佐佐木信綱「勇敢なる水兵」の《煙も見えず雲もなく　風もおこらず浪立たず》を、日本的な表現といっていたのは金田一春彦だったろうか。ともあれ、《月も出ぬかや　風も来ぬ　鳴かぬ蚊が》は、まさに《花も紅葉もなかりけり》だ。小せんは、その《あはれ》を詩にすることが出来た。《お時や打てよ》で調子は上がったのだろうか。それとも淡々と進んだのか。最後を、《おれの体に血があるか》と唄いおさめる力量は尋常のものではない。
こちらは広く知られたものだが、『各界俳人三百句』金子兜太編（主婦の友社）に収められた次の作を知る人は少ないだろう。

カミソリを当てた手首に蚊のとまり　　園山俊二

よりによって――という情けなさ口惜しさ。しかし、あまりの間の悪さに笑ってしまう。こうなると、《えい、畜生》と生きる方にハンドルが切られるだろう。そこが救いだ。
この本には、夏の光を回想させる次のような作も収められている。

思うままに女泳ぎて海暮れぬ　　中村武志
原節子　小津安二郎　金魚鉢　　土屋耕一

帯のいたずら

没後五十年の節目の年を迎えるとあって、江戸川乱歩に関する記事、番組などをよく見かける。

さて、もう二十年も前のこと、創元推理文庫の江戸川乱歩シリーズが、11『算盤が恋を語る話』、12『人でなしの恋』、13『大暗室』と刊行された。雑誌掲載時の挿絵を入れたり、資料、解説を充実させたり——という、いかにも東京創元社らしい凝ったつくりだ。『人でなしの恋』には、新保博久氏の手になる《著者生前から現在まで二十五種ある》《乱歩の中短編を中心に選ばれた一巻選集的な性格をもつ個人アンソロジー》に、どんな作品が採られたかの頻度表が付いている。新保氏が、舌なめずりしながら作っているところが目に浮かんでオソロシイ。

実はわたしは、ちくま文庫の半七捕物帳傑作選『読んで、「半七」！』に、全く同

趣向の表を付けた。その時、

——眺めているだけでも嬉しい。文庫の付録としては、なかなかのものだろう。

と、ほくそ笑んだのだが、はるか昔にこれがあった。さすがは、新保教授。

しかし、今回の話の種は、別なところにある。三冊中、前後二冊の帯は、高さ五センチ。これが創元推理文庫の通常サイズだ。しかし、『人でなしの恋』だけは、ほぼ倍の九センチ六ミリ。当時、これが松竹で映画化された。そのスチール写真などを効果的に入れるためだ。表から見れば、主演の羽田美智子の、白無垢の花嫁姿の横顔が大きく浮かぶ。

ところが、立てて背表紙を見るとどうなるか。特別サイズの帯は、当然のことながら伸ばした分だけ、上部が空く。そこに《江戸川乱歩》と刷られている。高さがあるため、この帯が題名の、最後の一字半ほどにかかっている。

ご覧なさい。ああ、何とおそろしいことでしょう。背表紙の文字が、

——人でなしの江戸川乱歩
と、読めるではありませんか。

帯がいたずらをする例なら、他にもある。昭和三十年代、中央公論社から『會津八一全集』が出た。第二巻には美術関係の論文や講義が収められている。古瓦の図版な

ど雅趣に富んでいて、そこを見ているだけでも楽しい。

この本、カバーを取ったり、あるいは帯のない状態なら何でもない。ところが、帯付きのまま背表紙を見ると、

——會津八一全集　第二巻　研究中

となっている。一瞬、「まだ調べているの?」と、思ってしまう。

無論、一巻が《研究上》、三巻が《研究下》なのだ。《研究　中》と一字分、空いているか、あるいは《中》の活字が小さめだったら、こうはならなかった。

秋艸道人としても知られる偉大なる會津先生に対し、まことに不遜ではあるが、ニヤリとしてしまう。

「ダメ」にしたのは誰か

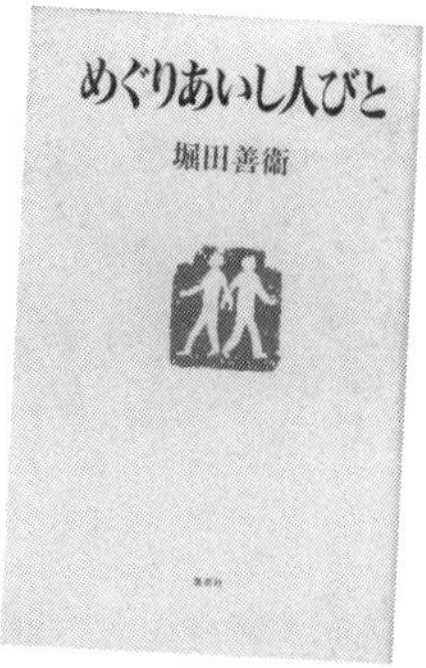

プロ野球も大詰めに近づいた。といいつつも、実はこの稿を書いている段階では、少なくともセ・リーグの結果がどうなるか全く分からない。さて、そこで堀田善衞だ。堀田といえば、『広場の孤独』で芥川賞受賞。小説の他にも、『方丈記私記』『定家名月記私抄』、そして『ミシェル　城館の人』などで名高い。その堀田に、自伝的回想録『めぐりあいし人びと』（集英社）がある。こんなことが語られている。

この間、私はNHKで話したときに、今年のアルベールビル・オリンピックでの旧ソ連のペア・ダンスのスケート・シーンを流して、その画面の上に「久方の光のどけき春の日に　しづ心なく花の散るらむ」という歌をのせてもらいました。何とも奇妙な取り合わせに感じるかもしれませんが、あのペア・ダンスの美しさたるや言語を絶するもので、あの美しさに相対することができるのは、『古今集』、『新古今集』の世界しかないだろうと思ったのです。

逆にいえば、あれだけの美しさをつくり出してしまったら、その体制は滅びるしかないということです。（中略）若いころに、ナチのレニ・リーフェンシュタールのベルリン・オリンピックについての『美の祭典』という映画を観たとき、これだけ見事なものをつくってしまったら、この体制は遠からず滅びるだろうと思ったものです。

＊

太宰さんというと、普通、線の細い蒼白きインテリ風を思いがちですが、実際はとても丈夫な人で、刺身などは、いっぺんに四枚ぐらいペロリと食べてしまうような豪快なところもありました。堀辰雄さんも、結核ということで病弱な印象が強いのですが、あの人も若いころには、大震災のときに隅田川を泳いで渡ったというぐらい、頑丈だったそうです。

＊

埴谷雄高君がジャイアンツのファンだということがわかったのですが、それを井上光晴君が聞いて、「あんた、何でジャイアンツのファンなんだ」と、えらい剣幕で怒っていたんです。

さて、堀田の母は正力松太郎の縁戚だった。その口利きで、堀田のいとこはジャイアンツ事務局に入った。戦争中、敵性語はいかん——ということになった。

いとこに頼まれて、私も野球用語を日本語にする仕事を手伝ったのです。たとえば、ストライクは「ヨシ、一本」とか、アウトは「ダメ」とかいったように、今から見るとまことに滑稽きわまりないものですが（下略）。

野球のアウトまで言い換えたというのは、体制の末期的症状を示す例としてよく語られる。しかし、それをやったのが誰か、までは知られていないだろう。あの堀田善衞が関わっていたというのに、びっくりした。

書き言葉、話し言葉

東雅夫氏が平凡社ライブラリーから出している一連のアンソロジーは、どれも嬉しいものだ。ことに最新刊『たそがれの人間　佐藤春夫怪異小品集』は意義深い。今は春夫を読む人が、百閒や鏡花のそれより少ないだろうからだ。

春夫には、全三十六巻に及ぶ『定本佐藤春夫全集』（臨川書店）がある。このアンソロジー巻末の解説によると、東氏は春夫のある言葉を求めて、《二度にわたり全巻を調べた》という。その言葉とは、

――「文学の極意は怪談である」

東氏は、これは《怪談文芸の真価を説くにあたって、決まり文句のように引用される》もので出典は、三島由紀夫が中央公論社の『日本の文学34　内田百閒・牧野信一・稲垣足穂』に寄せた解説だという。

アーサー・シモンズは、「文学でもっとも容易な技術は、読者に涙を流させることと、猥褻感を起させることである」と言っている。この言葉と、佐藤春夫氏の「文学の極意は怪談である」という説を照合すると、百閒の文学の品質がどういうものかわかってくる。

しかし、その言葉が『定本佐藤春夫全集』のどこにもない。となれば《あとは座談や講演の類か》と首をかしげている。今のところ、この名言には、三島を通してしか、接することが出来ないわけだ。

中央公論社の『日本の文学』といえば、我々が学生の頃、最もポピュラーな文学全集で、日本中どこの本屋に行っても何冊かは置いてあった。中で、『4　尾崎紅葉・泉鏡花』もまた、三島の解説目当てに買う一冊だった。《若き泉鏡花が、もしこのような全集に、死後、もっとも尊敬する紅葉と共に、一冊に収められるところを想像したら、おそらくその想像の狂おしいほどの歓喜のために、喜死したにちがいない》というあたりは、まさに三島らしい名調子だ。

ところで、この巻に付された月報の対談で、実は三島は、前の引用と同じことを語っている。

シモンズですか、文学で一番やさしいことは、猥褻感を起させることと涙を流させることだと言うんですよ。センチメンタリズムとエロですね。一方、佐藤春夫は、文学の真骨頂は怪談で、人を本当に恐がらせられたら、技術的にも文学として最高だと言うんだ。それはいろんな意味があると思いますがね。僕の説で言えば、むしろエロティシズムと怪談というのが文学の真骨頂で、涙を流させるのは、これは誰でもできますよ。

名言が名言になるには、内容もさることながら、語調が問題になる。春夫がそのようなことを語ったのは確かなのだろう。しかし、三島の書き言葉の調子がそれを《名言》にした——ともいえる。

鵜呑みにしない

前回、東雅夫氏が、佐藤春夫の名言とされる言葉を求めて『定本佐藤春夫全集』全三十六巻を《二度にわたり全巻》調べたが、ついになかったことを書いた。

ここからすぐに浮かぶのが、小谷野敦氏の『里見弴伝「馬鹿正直」の人生』（中央公論新社）だ。この本はまず、里見を紹介する時にはよく《「小説の小さん」と呼ばれた》と始まる。語りの名手という意味である。昭和三十一年に出た全集本の解説で、宇野浩二は《この言葉を、志賀直哉が里見を褒めて言ったもの、としている》そうだ。

ところが小谷野氏は続ける。

断簡零墨まで収められた現在の『志賀直哉全集』のどこを見てもそんなことは書

いていないし、（中略）一時期絶交していた志賀は、めったに活字で里見を褒めることはなかった。

うなってしまった。わたしの頭にもこの《里見＝小さん》という通説は刷り込まれていて、疑ったことなどなかった。

決まり文句を鵜呑みにせず、大部の全集に敢然と立ち向かうところが、東氏と重なった。あやふやなネットの文章がそのまま引かれたりもする今日この頃、やるべき手順をきちんと踏む姿は、まことに清々しい。

小谷野氏は作家伝の冒頭で、こういった得難い頭の働きを見せることがある。『谷崎潤一郎伝　堂々たる人生』における、《大谷崎《おお》》という言葉についての論証もそうだ。わたしは、学生時代、三島の文章でこれに出会い、ごく当たり前の言葉と受け止めた。《大谷崎》と呼ばれるのに、敬意以外の具体的な理由があるのでは――などとは考えもしなかった。

そんなのは単なる豆知識だ、作家の（この場合、谷崎の）本質にかかわることではない――という人がいるかも知れない。それはお門違いだ。この論証で、まず示されるのは、書き手の頭がどう動くのか――なのだ。

読む者は、

――見えないものを見せてくれる。こういう人が、どんなことを書いてくれるのか。

と、わくわくする。

ところで余談になるが、先程、名前の出た宇野浩二は、自身、自分の文章を落語にたとえられたことがある。

宇野の文章の調子は、前期と後期でがらりと変わる。江口渙が『わが文学半生記』（青木文庫）の中でこういっている。


その頃の宇野の作品は、おしなべておしゃべりにすぎたところがあり、場合によってはむやみにしゃべっては泣き笑いをし、また、しゃべっては泣き笑いをし、読者が笑うよりも作者の方が二たあしも三あしも先に笑って見せるところさえある。

その調子を落語にたとえたのは、さて誰か。というところで、以下次回。

帯の波紋（承前）

江口渙の文章は、こう続く。

その点について、菊池寛が宇野に向かって、「君の小説には大阪落語の匂いがするね」と、いったのはあたっている。それに答えて宇野浩二も「君の小説にはどこかに張り扇の音がするよ」と、いったのもこれまた、やはりあたっていた。けだし、菊池寛の歴史小説には講談的要素が見られるというのである。

寄席の数も桁違いに多かった昔は、こういうたとえが出て来るのも自然だった。それにしても、志賀がいっていないとすれば、里見弴即ち「小説の小さん」という言葉は、どこから生まれたのか。

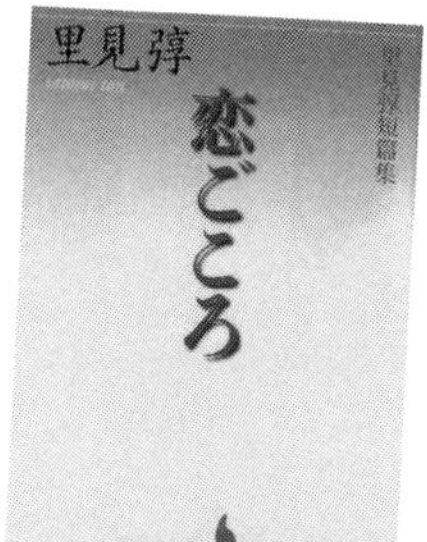

この「小さん」は、夏目漱石が《名人》と書いたことで名高い三代目柳家小さんだが、似た名前に《小せん》がある。わたしは以前、この連載で初代柳家小せんのことを書いた。(「蚊」二二一ページ)

小谷野氏は、志賀の里見に関する、《若《も》し盲目《めくら》になつて、足が立たなくなれば、小説家の小せんになれる》という文章を引き、

志賀は、この当時もなお女遊びのやまない里見を諷して、悪口として「小せん」と言ったのである。「志賀が里見を悪口で小せんと言った」のが、いつしか「褒めて小さんと言った」に訛伝《かでん》したのではないかと、私は考える。(中略)昭和十九年十一月二十六日の大佛《おさらぎ》次郎の日記には、志賀が里見を「小せんにならねばよいが」と言ったと書いてある。「小せん」から「小さん」への訛伝は、敗戦後に生じたらしく、戦前に「小さん」と書いたものは見当たらない。

ここで、前回、冒頭に出した『定本佐藤春夫全集』に話が戻る。その第二十四巻「続白雲去来」中の「ちやぼの蹴合ひ」で、佐藤はこう書いている。

里見弴君の新著短篇集「恋ごころ」を著者から与へられ、山中に持つて来て、読書の閑を得て読みはじめると一気に読み終つた。読書力のない読むことののろいわたくしとしてはめづらしい事である。

志賀直哉をして、「小説家の小さん」と三嘆せしめたと帯に記されてゐるのは、自分をあざむかなかつた。志賀は単に己の友情に媚びてこの言をなしたのではなく、この評価は正しい批評のやうに思へる。現代に作家は多しといへども、巧妙な作家といふ点でこの作者に及ぶ人は一人もあるまい。

『恋ごころ』の刊行は昭和三十年、宇野浩二が翌三十一年に、《志賀直哉が里見を褒めて》「小説家の小さん」といった――と書いたのは、明らかに、この《帯》によったものだろう。佐藤、宇野……、と次々に輪が広がって行く。惹き文句を書いた編集者の熱意と魅力的な勘違いが、この《名言》を生んだのではないか。

ポケットの中

《ポケットの　なかには》、何がある――といわれたら、

　ビスケットが　ひとつ

と答えたくなる人も多いのではないか。まど・みちおの「ふしぎな　ポケット」だ。《ポケットを　たたくと／ビスケットは　ふたつ》、さらに《もひとつ　たたくと／ビスケットは　みっつ／たたいて　みるたび／ビスケットは　ふえる》。

ビスケットだからいい。チョコレートだと、嬉しくなり過ぎてしまう。それでは味がない。わたしが子供の頃、これを聞いたら、きっと、

――では、そのポケットに他のものを入れたらどうなるか？

と、思ったろう。そして、最後をこう考えたに違いない。

——百円玉を増やしていったら、欲張り過ぎて重くなる。ポケットに穴が開き、元も子もなくなる……といった落ちが待っているんだろうな。

素直ではない。まどさんの詩は《そんな　ふしぎな／ポケットが　ほしい》と、子供らしい願いを歌っている。

現実にポケットの中にあるものとして、似合わないものは何か。魚など、その最たるものだろう。高知県の詩人、大川宣純《のぶずみ》は、寒中の凍りつくような夜明け、友達を訪ね大声で起こした。そして、レインコートのポケットの中から、鮒を取り出し、いったという。

——川へ入って摑んできたぜよ。

私は、いかにもその人らしい話と思い、『詩歌の待ち伏せ2』の中に引いた。衝動的に川に入ったのだから、ポケットに入れて来るしかなかった。普通ではないが、それなりに納得は出来る。

しかし、井伏鱒二の「『鷹の羽』での会」筑摩書房（井伏鱒二全集　第二十二巻）を読んでいたら、別の人物のこんな逸話に出会った。奇しくもこの人も四国出身、香川県生まれだ。

私は学生のころ、高松出身の級友が菊池さんの中学生時代の行状について話していたのを思い出した。菊池さんは学校の帰りに、ゲートルをはいたまま寄波のなかに立ってよく釣をしていたそうである。餌は上着の片方のポケットに入れ、釣った魚は片方のポケットに入れるので、通りすがりにも魚の生ぐさい臭いがしたと級友が云っていた。無頓着なのは性分に違いない。

これもまた、いかにもその人らしい。衝動的な行為ではない。よくやっている日常のことだ。彼にとって、餌を片方に魚を片方に、というのは、要するに合理的なのだ。その合理性が、凡人の基準をあっさり飛び越えて行くところが、まさに——菊池寛である。

それなのに、ねえ

昔の家には、鼠が普通に出た。実害があった。斎藤茂吉は、これを憎む歌を幾つか作っている。その一首。

鼠の巣片づけながらいふこゑは「ああそれなのにそれなのにねえ」

お手伝いさんが、当時の大ヒット曲を口ずさんでいる。それをそのまま取り込み、作品にしてしまう力業に驚く。

わたしは戦後生まれだが、『ああそれなのに』を知っていた。ラジオで知ったか、レコードで聞いたかは忘れたが、とにかくすぐに歌詞とメロディーが浮かぶ。星野貞志（サトウハチロー）作詞、古賀政男作曲。

《ああそれなのに　それなのに　ねえ　おこるのは　おこるのは　あたりまえでせう》の、間に挟まる《ねえ》が耳に残る。『昭和二万日の全記録4』を見たら、昭和十一年、《ねえ、忘れちゃいやぁーよ》と歌う『忘れちゃいやよ』が発禁になり、かえって同種の曲が大流行。《「ねえ小唄」と総称された》という。なるほど。前以て、この曲を知っているかどうかで、茂吉の歌の味わいは全く違ったものになるだろう。以前テレビで、有名人のラブレターについての番組をやっていた。楽屋内を見られるのは迷惑だろうが、その中で茂吉は、およそ大歌人らしくない砂糖の溶けたような文を綴っていた。中に《ああそれなのにそれなのにねえ》という文句が使われていて、おやおやと思ったものである。

さて、『私の履歴書　第三の新人』(日経ビジネス人文庫)を読んでいたら、阿川弘之の章に次のようなことが書かれていた。

阿川氏は昭和十二年、旧制広島高等学校に入学する。文芸部の後輩に、大浜という男がいた。《大ボラを吹くし、薄ぎたなくてすべてにルーズ、あだ名が「貧乏」、しかし》、短歌の才があった。《あやかりたいと思って、私は「アララギ」の添削会員になった》。

広島にキリン・ビヤホールが出来て、開店の日は大割引き、皆で飲みに行った帰り、大浜がマントの下に空の大ジョッキを三つかくして出て来た。その英雄的行為に感動した私は、

「大浜は開店早々のビヤホールよりジョッキを三つかっぱらひ来ぬ」

という一首を作って、アララギの添削に出した。斎藤茂吉の、「鼠の巣片づけながら言ふ声は」とか、ああいうおかしみのある歌が好きで、それに倣って作ったつもりだったが、送り返されて来た歌稿に、土屋文明先生じきじきの朱筆で、

「かかるものが歌になると思ひ給ふや」

と書きこんであった。以来、歌作りの意欲と自信とを喪失した。

大先生に倣ったのに、ああそれなのにねえ、である。この件がなければ後に歌人阿川弘之が誕生したかどうかは、分からない。

遠い日のテレビ

前々回、『井伏鱒二全集』のことに触れたら、『本の雑誌』の「坪内祐三の読書日記」に、《全三十巻で一万五千円という破格の安さ》で買った——と書かれていた。繋がったのが、ちょっと嬉しい。

古書価は最近、可哀想なほど下がっている。大部の揃い物など、特にそうだ。驚きつつも、置き場所のことを考えるとハムレットになってしまう。

この間も、『サザエさん』その他何十冊もの揃いを見て、

——や、安い！　これを脇に置いて、時代順にずっと見ていったら、どんなにいいか。

と思いつつ、涙を飲んだ。子供だった自分に渡してやりたい。姉妹社のあの本の、あの手触りでないと駄目なのだ。

さて、ここを読まれている頃には出ているはずなのが、わたしの『うた合わせ』（新潮社）。その中で、東直子さんの次の歌について、こう書いた。

遠雷のような時代が波たちて海の名前の家族が笑う

時代が波立ち、全てが揺れる。《海の名前の家族》の週に一度と決められた刹那の笑いが響く。ここにあるのは、永遠と思えていた日常が——大道具が、崩れることへの不安感だ。『サザエさん』が、こんな歌になることに驚嘆する。

実はここには、半世紀近く前、話題になったテレビドラマが響いている。テレビの文法を乗り越えた、斬新なものだった。毎回、わくわくするほど面白かった。最終回、世の中は右傾化し、それまでドラマの展開されていた、作り物の日常を覆うセットの壁が、次々と倒れ、崩壊して行く。虚構が現実に貪り食われて行く。《何が何だか分からない》という声もあったが、とんでもない、これしかないという必然の、そして恐ろしい結びだった。

といっても、通じるのは坪内さんぐらいか。氏は、『四百字十一枚』（みすず書房）

の中で、こう書いている。わたしも、そう思う。

　私が小学校六年の頃（一九七〇年）に毎週楽しみに見ていた中山千夏主演、志村喬、河原崎長一郎、林隆三共演の『お荷物小荷物』だ。これはアヴァンギャルドな面白さに満ちた「脱ドラマ」だった。つまり、「俳優が演じている役から突然俳優自身にかえって、自分の考えや経験をしゃべり始め」たりする。

　これはゴダールの『彼女について私が知っている二、三の事柄』を真似たと佐々木守は言う。なるほど『お荷物小荷物』はゴダールだったのか。ぜひもう一度見てみたいけれどビデオでは残っていないのだろうか。

晋バカ大将

夜中に、階下で大きな音がした。朝、下りて行くと、本棚の、重い硝子戸が落ちていた。

二十年ほど前に買ったスライド式である。安物は、やがて詰め込んだ本の重さで、うまく動かなくなるという。そこで専門メーカーのものを買った。確かに棚の動き具合はいい。

しかし、一年ほど前、開きかけたほこり避けの硝子戸がはずれた。経年劣化で、蝶番が役を果たさなくなったのだ。割れ口を見ると、一見したところ金属らしいのに、どうやらプラスチック製らしい。

木枠も硝子もしっかりしている。それだけに重量がある。しばらくすると、開こうと手をかけた、その上の戸も落ちた。角が頭の上や顔、特に目などに当たったら、取

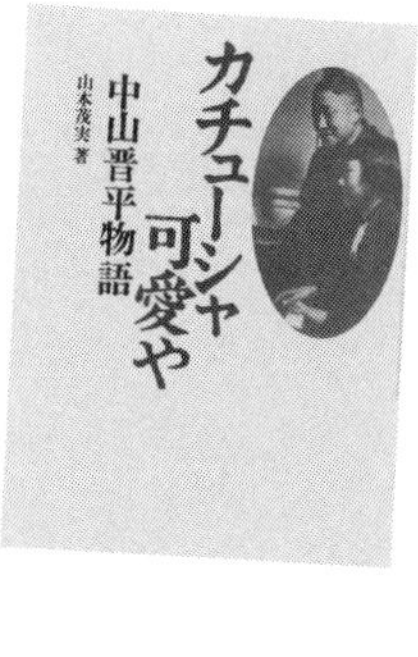

り返しのつかないことになる。

戦々恐々としたが、そのうちに忘れてしまった。忘れた頃にこれだ。もはや、先手を打って戸をはずしておくしかあるまい。

時が経つと、こういう困ったことも起こる。だが、半ば忘れていたような謎の、答えに出くわすこともある。

十年以上前になるが、長野の中山晋平記念館に行った。晋平は、「ゴンドラの唄」「東京行進曲」「肩たたき」「兎のダンス」「アメフリ」「あの町この町」などの作曲者である。そこで、ＣＤ付きの『カチューシャ可愛や　中山晋平物語』（大月書店）という本を買った。

晋平は東京に出て、島村抱月の書生をしながら、東京音楽学校に通う。授業料の滞納や、出席日数の不足で卒業が危ぶまれたが、明治四十五年三月、故郷の兄に《何かのマチガヒで無事卒業試験に及第》という葉書を出す。《アンマリ嬉しくてウチョーテンになりさうです》と続くのだが、この差出人名が、《戸塚晋バカ大将》となっている。《戸塚》は当時の住所。つまり、照れ隠しに、自分のことを《晋バカ大将》と書いたわけだ。

我々の世代なら反射的に、

——ああ、『三バカ大将』のもじりか。

と思う。

子供の頃、テレビでやっていた、アメリカのコメディ番組だ。後に、映画でリメイクもされた。

しかし、すぐに、

——待てよ？

となる。

時代が合わない。我々が『三バカ大将』を観ていたのは戦後だ。

思えば、この『三バカ大将』という題名も普通ではない。

——《晋バカ大将》と、双方の元になる何かがあったのではないか。

一瞬そう思ったが、深刻に考えるほどのことでもない。忘れるともなく忘れていた。ところが、『伊丹万作エッセイ集』（筑摩叢書）を読んでいたら、出て来たのですよ、——明治の《新馬鹿大将》が。

というところで、次回。

イギリスの与太郎

前回の続きである。

伊丹万作は明治の末、郷里松山で活動写真を観て育った。

新馬鹿大将というのと薄馬鹿大将というのと二様の名まえもこの小屋で覚えたが、この両名が別人であったか、それとも同じ人であったかいまだに疑問である。

のちに中学校へはいったとき、運動会の楽隊の稽古をしていた上級生から新馬鹿マーチという名まえを教わった。なるほど耳になじみのあるその曲を聞くと、私の頭の中で条件反射が行われ、新馬鹿大将の行動があざやかに見えるような気がした。

そのころの弁士の口調を思い出して見ると、ただ新馬鹿大将とはいわないで、新馬鹿大将アンドリューとつづけて呼んでいたようである。

中山晋平が兄への葉書に、《晋バカ大将》と書いたのが明治四十五年。ぴったり合う。この名乗りは、当時、流行っていた活動写真から来ていたのだ。

それにしても中学の楽隊が、《新馬鹿マーチ》を練習しているのも凄まじい。さぞかし賑やかな曲だろう。弁士のついた無声映画だから、伴奏は各映画館の楽隊がつける。楽譜も、フィルムと共に回って来たのだろうか。

本は次の本へと繋がって行く。わたしが、このくだりを読んで連想したのは、シェークスピアの『十二夜』だ。《新馬鹿大将アンドリュー》といわれたら、そう思わずにいられない。

落語でいえば与太郎。これをシェークスピア劇に持って行くと『十二夜』のアンドルー・エイギューチークになる。蜷川幸雄演出の歌舞伎版『十二夜』は、素晴らしい舞台だったが、登場人物名の日本化もまことに楽しいものだった。脚本の手柄である。彼は安藤英竹となっていた。《あんどー・えいちくー》と名乗るのを聞いてニヤリとした。

与太郎ぶりは、随所に出るのだが、例えばマルヴォーリオが手紙を読むのを立ち聞きする場面。小津次郎の訳で引く。

マル　「そればかりではない。そちは愚かしき武士との交際に時を浪費しておる。」
アン　僕のことだ、きっと。
マル　「サー・アンドルーという愚か者じゃ。」
アン　ね、やっぱりそうだ。みんな僕のことを愚か者だって言うからな。

自他共に認めている。
無論、この《アンドルー》こそ《新馬鹿大将》だ、とか、そのネーミングは、ここから来ている、などと主張するわけではない。『カチューシャ可愛や　中山晋平物語』が『伊丹万作エッセイ集』に繋がり、それがまた『十二夜』を思い起こさせる。こういう本の連鎖が面白いのだ。

金冬心

中川一政の『腹の虫』（中公文庫）を読んでいて、開高健の講演の、ある一節を思い出した。

まだカセットテープの時代に聴いた。CD化されたのを、また聴いて《これこれ！》と思った。それだけ印象深いのだが、今、うちの中を探しても見つからない。別の二枚組は出て来た。意地の悪いものである。忘れた頃に、ひょっこり出て来るのだろう。

どういう内容かというと、南の島に民話採集に行くのである。土地の古老があれこれ語ってくれる。収録が終わり、帰った筈のそのおじいさんが戻って来る。忘れ物かと思うと、

「戸口に長い虫がいました」

ああそう――と思っていると、これが語り残した民話だった。要するに、それだけの《話》なのだ。

民話収集者の先生も、開高も、これに愕然とし、物語についての既成概念を揺さぶられる。

芥川龍之介と谷崎潤一郎の間で行われた、筋の面白さについての論争は有名だが、それ以前の問題である。こうなるとあらゆる物語が、あられもないものに見えて来る。

さて、中川は中国乾隆時代の画家、金冬心について語る。詩も書もよくした人物である。《極端な減筆法、説明をふり払った描法に魅力があった》そうだ。

私は済南と上海の画商から金冬心と名のつくものがあったら何でも送って貰って、三十点を集めた。戦争中のことである。

私はこれらを戦争で焼いたが贋物ももちろんあったろう。しかし真贋をまずいう人は、本当に画がすきな人ではない。

贋物といえども、何か面影をつたえているものである。

そうして私のうちに、私の金冬心が浮び上がるようになった。

次のエピソードは、《ただそれだけ》の深さについて語っている。

金冬心は田舎の辺境へ旅行して子供がうたっている古謡をきいて感心している。

低頭採玉簪、頭上玉簪堕

頭を下げてかんざしをとる、かんざしが頭から落ちたので、というだけの意味である。

金冬心はこの子供の歌に自分の減筆法を見たのであろう。

中川は画家だから、この人の画を集めた。今、インターネットで検索したらそれらをパソコンの画面上で見られるのかも知れない。だが、そうしてしまえば《説明》になり、つまらないような気がする。

画家でないわたしが引かれるのは、その作品ではない。子供の声で繰り返し唄われる《低頭採玉簪、頭上玉簪堕》の響きに、ここにこそ表現がある——と耳を傾ける金冬心の心なのだから。

黒板の文字

古書店でたまたま、楢崎勤の『作家の舞台裏　一編集者のみた昭和文壇史』（読売新聞社）を手に取り、買った。新宿の軽演劇場「ムーラン・ルージュ」の座名《と、小屋の屋上に「赤い風車」を取りつけることを提案したのはわたくしであった》といった証言が次々に出て来る。

それを読み、次いで楢崎を軸とした『文壇さきがけ物語』大村彦次郎（ちくま文庫）を読んだ。普通は、逆の手順になるだろう。何しろ『作家の舞台裏』は昭和四十五年の本なのだ。古本屋巡りの面白さは、こういった偶然の出会いにある。

大村の丹念かつ丁寧な仕事により、横光利一と中村武羅夫の不和の原因など、楢崎の本だけでは見えにくかったところが見え、なるほどと思った。また、楢崎自身についても、その日記などをも資料とし、深く書かれている。楢崎がどのような編集者で

あったかは、現在、出ている『文壇さきがけ物語』を読んでもらいたい。

ここでは、より入手しにくいであろう『作家の舞台裏』を取り上げる。

まずは、芥川龍之介。『さきがけ物語』にも同じことが書かれているが、『作家の舞台裏』は一人称という違いがある。楢崎の感想や芥川のいかにもそれらしい反応などがあり、読み比べると面白い。


はじめて芥川を訪れたとき、昭和初年のころ、市谷の法政大学文学部主催の文芸講演会で、「ポオについて」という講演を薄暗い教室で聴いたことを話した。その講演の聴講者は、わずか二、三十人くらいで、寒む寒むとした空気が流れていて、流行作家の芥川龍之介も、法政大学の学生の間に人気のないのが不思議におもわれた。講演のあいだ白墨を手にした芥川は黒板にポオの作品名や、そのなかの主人公の名などを英語（原語）で書いては、また消していった。わたくしは、その黒板に書かれる芥川の筆蹟をとっておきたい気に駆られながら、鉛筆をはしらせて、その講演の概要をノートに書きとめた、といったことを話すと、芥川は、唇の隅に薄笑いの影をみせ、「そうでしたか」といった。「芥川龍之介全集」（中略）に、「昭和2・5新潟高等学校その他に於ける講演の原稿から」として、「ポオの一面」という題下で、ポオの作品そのほかのことがメモふうに原名（原語）で収録されている。現在の岩波版『芥川龍之介全集』では、十二巻に「ポーの片影」、二十三巻に「ポオの一面」が収められ、講演の内容がうかがえる。それによると、楢崎が《とっておきたい》と思った黒板の文字は、次のようなものだったのだろう。

Annabel Lee
the Pit and the Pendulum
the Tell-tale Heart
the Black Cat

居留守の返り討ち

昔のミステリファンには、江戸川乱歩が宇野浩二に居留守を使ったのは、周知のことだ。

乱歩の『探偵小説三十年』（岩谷書店）は、『探偵小説四十年』が出る前の本で、わたしの中学時代の愛読書だった。

そこには、乱歩が《格段に好きだつた》のが宇野であり、家まで訪ねて行ったただ一人の作家と書かれている。それなのに乱歩は、大正十五年、向こうから来てくれた宇野に対し、《旅行中ですと家内に云わせてしまつた》。何も書けない状態で、誰にも会わずに、いや、会えずにいたのだ。敬愛する宇野にそうしたことが気になった乱歩は、上州の温泉に出掛ける。そこで《あなたにお詫びする為に、本当に旅をしてこの手紙を出します、というようなことを書いた》。宇野からは、好意に満ちた励ましの手紙が返って来た。
まことに嬉しいエピソードだが、楢崎勤の『作家の舞台裏』（読売新聞社）には、こんなことが書かれている。

宇野の上野桜木町の自宅の門はいつも錠がかかっていて、ベルをおすと、道に面した台所の格子戸の桟の間から女中さんが顔をちょっと見せた。「先生いらっしゃいますか」と訊ねると、女中さんは判をおしたように、「お留守です」とか、「お出かけです」といった。しかし、宇野の在宅は承知しているので、「そうですか、また来ます」といって、ゆっくりした足取りで、町角を曲がりかけると、きまって、女中さんが追いかけてきて呼びとめ、案内するという段取りになるのであった。宇野の「不在」のからくりは、編集者の間では評判であった。

続いて、乱歩のことになる。つまり、《「居留守の常習犯」の宇野が、江戸川に居留守をくわされた、この話は、まことにおもしろい》というわけだ。
ところが、若き乱歩は上京した際、

宇野さんはそこを仕事場にして毎日のように来ておられることがわかつていたので、私は玄関払いも覚悟の上で、ともかくそのホテルへ入つて行つた。取次ぎに来意を告げると、宇野さんは快く私を部屋に通して下さつた。

《そこ》とは、多くの文士に利用された、本郷の菊富士ホテル。《文学青年のあこがれの場所であつた》。宇野によれば《手帳の切れはしのような紙に「大阪からちよつと来た者、江戸川乱歩」としてあつて》という。宇野はすぐに会っている。だからこそ、乱歩の自責の念も深かったのだ。

時期も違い、何より相手が同業の後輩だったからだろう。会っても、原稿を催促されるおそれがない。楢崎の、居留守の返り討ち的見方は、いかにも、普段、困らせられている編集者らしい。

蜘蛛の饗宴

『作家の舞台裏』楢崎勤（読売新聞社）には、上司小剣も登場する。『上司小剣論』吉田悦志（翰林書房）によれば、《かみつかさ》と読まれているが正しくは《かみづかさ》らしい。中央公論社の『日本の文学』に短編「鱧の皮」が入っていた。わたしは、それで覚えた。

だが、それ以上に印象深いのは『上司小劍コラム集』荒井真理亜編（龜鳴屋）だ。読まないと勿体ないという面白さを、あちこちで話した。その記憶も薄れかけた今、小剣の名を聞くと、うたた寝しかけたところで起こされたような気になる。

楢崎はいう。昭和九年、文芸懇話会賞にかかわった小剣が、圧力を受け、投票第二位の作と第三位の作をすりかえ非難されたという《暗鬱な話》もあるが、こんなエピソードも——と。

上司はレコード・マニアとして有名であった。しかし、いうところのレコード蒐集家ではなく、その所蔵の蓄音器を、「御神体」のように、書斎の床の間に据え、正月には注連縄《しめなわ》をはり、元旦には、土器に屠蘇《とそ》をもり、供えるということであった。レコードでは、ルセルのバレー音楽「蜘蛛の宴会」に異常な愛着をもち、この作品にくらべる曲は無い、といっていた。この話は、上司自身、当時の音楽雑誌にも書いて、話題をよんだことがあった。

あるとき、日本には秩父宮家と、わが家にしかないという高級豪華な蓄音器を所蔵する中村武羅夫が、「レコードをかけない蓄音器なら、そこいらの手捲きの蓄音器でもいいじゃないですか」と、上司にいった。

「蓄音器はレコードをかけるものじゃありません。崇めるものですよ」

と、上司は穏かに答えた。

問題の曲は、今風にいうならルーセルの「蜘蛛の饗宴」。わたしには懐かしい。若い頃、標題の面白さにつられレコードを買った。しかし、一回しか聴かなかった。気になるので、ＣＤ屋に行き、現在出ているプレートル指揮の盤を求め、かけてみた。

特別なものとは思えなかった。

さて、昔のレコード愛好家の代表といえば、何といっても、《あらえびす》こと野村胡堂だろう。

『上司小剣文学研究』荒井真理亜（和泉書院）に、小剣と胡堂のやり取りが紹介されている。

蓄音機内部を開け《機械美を見るのが嬉しくてたまりません》という、そのマニアぶりが、如実に伝わって来る。何といおうか小剣、ただ者ではない。

さて、胡堂の友情は本物だが、曲の評価はどうか。古典的レコード案内『名曲決定盤』（中公文庫）では、指揮者ストララムの項に「蜘蛛の饗宴」があり、《冷たい近代性を真向にふりかざし、良い楽員を集めて鋼鉄の如き確乎たる演奏を聴かせる》とあるが曲への言及はない。

歴史は繰り返す

三島由紀夫の、昭和三十年に出た角川文庫『花ざかりの森』の初版は面白い。戸板康二の解説中に、こう書かれている。

十代の作品といはれる「花ざかりの森」も「みのもの月」も「彩繪硝子」も、到底「落書き」とは思はれぬやうな、ある意味での完成がある。

あっと驚く誤植である。後に戸板自身がエッセーの中で、頭をかかえている。「若書き」と書いた原稿を「落書き」と読まれてしまったのだ。平謝りしたら、三島はからからと笑い、「むしろ正しい」といったそうだ。

やり取りする役者が、いい。三島と戸板だ。あまりにいいから、以前、わたしの小説の中にも引かせてもらった。

このことから推理出来るのは、次の二点だ。①戸板の原稿は、読みやすくはない。②戸板も人の子だから、時にゲラの誤植を見逃す。

さて、戸板の旺文社文庫版『夜ふけのカルタ』を読んでいたら、歌舞伎の『寺子屋』についての文中に、こういう一節があった。


松王は千里眼ではないから、源蔵が菅秀才と、わが子の小太郎と、どっちを討ったかわからない、多分小太郎を討ったと思うが万が一若者を討ったかも知れないので、ギックリするのがほんとうで（以下略）。


『寺子屋』は『菅原伝授手習鑑』の四段目。『忠臣蔵』と並んで、歌舞伎の最もポピュラーな演目である。松王、源蔵、菅秀才、小太郎などは、昔は朝ドラの登場人物のように親しいものだった。わたしは、舞台を観るより先に、小学生の時、長谷川町子の漫画で、粗筋を知った。

要するにわが子を、若君菅秀才の身代わりにしようとする話だ。《小太郎を討った》か《若者を討ったか》ではあり得ない。

《わが子か》《若君か》なのだ。『ハムレット』を語る文中に、《デンマークの玉子》とあったら、誰でも《デンマークの王子》だと思うだろう。そのレベルの誤植だ。

ここで、先程の①を思い出してほしい。《者》と《君》。字の形が似ている。これもまた、原稿を読み違えられたのではないか。そしてこれは「五つの演劇論」という、かなり長めの文中にある。文庫本で三十ページ強だ。一、二枚のものではない。そこで、②だ。戸板も、つい見過ごしてしまったのだろう。

初出は『東宝』となっている。歌舞伎通もいたことだろう。気づきそうなものだが、ここから始まって誤植がリレーされたのではないか。本となったのはまず三月書房、続いて旺文社文庫――ということになる。昔はデータの形で引き継がれるわけではないから、『東宝』で《若君》だったものが、どこかで《若者》になった可能性もある。いずれにしても、ああ、歴史は繰り返す。

懐かしい名

十一月の末、西川美和監督、本木雅弘主演の映画『永い言い訳』を観た。

粗筋は、すでにご覧になった方や原作を読まれた方には分かる。まだなら、先にあれこれ知る前に、作品に接したほうがいいだろう。

だがここで、これだけはいいたくなった。『本の雑誌』の読者だったら、思わず目をこらしてしまう場面があった。

深津絵里演じる主人公の妻が事故で逝き、その遺品が画面に現れる。一冊の文庫本があった。カバーがかかっていて、何の本か分からない。それを、本木が手に取る。

それこそ、彼女が人生の最後に手にした本だ。

——何だろう……？

ぱらりとめくられた一瞬、ページの左上に刷られた、小さな小さな文字が見えた。

――「……行列車」

終わりの文字を辛うじてとらえた時、画面が変わった。昔は目のよかったわたしだが、今ではそれが追える精一杯のところだった。

気になったが、物語は進んで行く。映画には、そのような疑問を忘れさせる力がある。子役が素晴らしい。勿論、活字であっても見事な言葉が、俳優の口を通して語られることによって（特に、いってはならないそれが発せられる時）、別の命を持って立ち現れる。

引き込まれ忘れかけていた疑問に解決が与えられたのは、最後に流れる字幕によってだ。こう書かれていた。

――『バビロン行きの夜行列車』レイ・ブラッドベリ　金原瑞人・野沢佳織訳　ハルキ文庫
この物語を陰で支える妻は、書店に行けば端から端まで見て行く人なのだ。その人は、若い頃――おそらく、学生の頃、ブラッドベリの『10月はたそがれの国』や『火星年代記』を読んでいた。旅行に行く時、本好きなら誰でもそうだが、服を選ぶのと同じように、

――どの本を持って行こうか？

と楽しく迷う。短編集、それも、ごく短い作品が収められているものなど旅行に適している。文庫本だと軽くていい。

そんな時に入った書店の棚に、彼女は『バビロン行きの夜行列車』を見つけた。

——こんなの、文庫になってるんだ……。

と思う。ブラッドベリという名に懐かしさを感じつつ、レジに持って行く。

そういう様子が浮かんで来る。そして彼女は、その本をバッグに入れ、最後のバス旅行に出発した。

一人の人について我々が見るのは、ほんの一面に過ぎない。彼女の手にあった本の姿も、電車の隣の席にいた人のそれのように流れ去る。

わたしは翌日、神保町でそれを買った。そして思った。彼女はこの本をどこまで読んだのか。「いとしのサリー」まで、行ったのだろうか、と。

伏字

個人全集の日記や手紙の巻では、一般人の名前が伏字になることがある。妥当な配慮だろう。

ところが、この伏字が思いがけない結果を招いた例があった。『斎藤茂吉全集　第三十巻　日記二』昭和七年十一月二日のところが、今の全集ではこうなっている。

（前略）夜ハ□□□□□〔五字削除〕氏夫妻アララギ發行所ニ來リタルヲ以テ、夜ノ十時スギマデ、令嬢ノ心中ノアリサマヲ聽ク。男ノ方デ近ゴロシキリニ嫉妬ヲオコシテヰタ、ソレデ男ニ強ヒラレタノデアル。竹林ノ中デ寫眞用ノ昇汞水ヲノミ、抱キ合ツテソノマヽ死ヌツモリノトコロ、（後略）

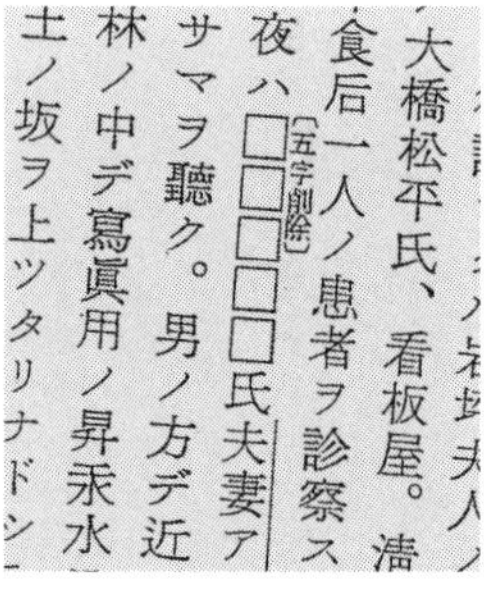
大橋松平氏、看板屋。濤
食后一人ノ患者ヲ診察ス
夜ハ□□□□□〔五字削除〕氏夫妻ア
サマヲ聽ク。男ノ方デ近
林ノ中デ寫眞用ノ昇汞水
土ノ坂ヲ上ツタリナドシ

以下、経過報告が続く。救いのない、丹念な書きぶりが、いかにも斎藤茂吉である。茂吉の日記には、例えば、土屋文明だったと思うが、一緒に山を歩いていた時、生理的欲求にかられ、その結果、当然の行為をしたことが、まことに直接的な言葉で書かれていた。人のそんなことを、わざわざ記す必要はなかろう。普通は、しないと思う。変だ。

書かれた方からすれば、相手が悪い。文学史上に燦然と輝く斎藤茂吉である。日記は刊行され、日本各地に行き渡る。何年何月何日、山中でそんなことをしたという記録が、未来永劫残ってしまうのだ。

ともあれ、何でもない日常的なことをも直線的に語り、歌にしてしまう茂吉の摩訶不思議な力は、こんなところからもうかがえる。

話は十一月二日の日記に戻るが、関係者にとって、まことにつらい記憶である。この《夫妻》名が伏字になるのは当然だ。だが、前の全集では、ちょっと違う。ここが《鹿児島□□氏夫妻》となっていたという。つまり茂吉は、《鹿児島の人、□□》という意味で書いたのだ。だから、人名のみが、伏字になった。

これが、《北海道□□氏夫妻》なら問題なかったろう。しかし、短歌界には、『大辞林』にも名前の載っている、鹿児島寿蔵がいた。伏字を、読み取ろうとするのは読者の常である。

　月報には、前全集で、

「鹿児島□□〔二字削除〕氏」としたのが、鹿児島壽藏氏のことであると讀み取られて鹿児島氏が大變迷惑を蒙られた。

　鹿児島氏だけではない。家族が大変な思いをしたろう。誤解した人達が、《そうだったんですか》と確かめには来ない性質のことだから、なおさらだ。そこで今回は、人名ではない前の部分も含めて《□□□□□氏》とした――という。

　編集委員も当然、鹿児島寿蔵を知っている。しかし、《鹿児島の□□さん》という先入観がある。《寿蔵》と読まれようとは思わない。恐いことだ。

黒と薄紅

中学生の頃の愛読書のひとつが、江戸川乱歩の『探偵小説の「謎」』。現代教養文庫の一冊だ。

乱歩の《随筆の中から、探偵小説のトリックを解説したものを集め》《ほかに類縁の「魔術と探偵小説」「スリルの説」などを加え、さらに本書のために新らしく「密室トリック」三十五枚を書き下して、首尾をととのえた》もの。

谷崎潤一郎、ディケンズ、ヘロドトス、マルセル・エイメ、黒岩涙香、快楽亭ブラック、プロバビリティーの犯罪、西鶴の「本朝桜陰比事」、ポーの「スフィンクス」、「スリルの神様」ドストエフスキー、などなどについての、一読忘れ難い文章が並んでいる。いろいろなことを知りたい時期には、たまらなく嬉しい本だ。

ベルグソンという哲学者の名も、これで知った。現在では、発音通り《ベルクソン》

だが、昔は綴りの《G》により、ベルグソンと書かれていたのだ。そう刷り込まれたから、今でもベルグソンでないと落ち着かない。ルパンとリュパンのようなものだ。

繰り返し開いたので、本は傷み、カバーは千切れてしまった。しかし、その表紙の印象は鮮やかだ。キリコの絵の一部分、建物の間から道路に向かって伸びる長い人影が描かれていた。

同時期に買った、同じ文庫の『近代世界美術全集8　幻想の絵画』も、座右の書だったが、これに、その絵――『街の憂愁と神秘』が載っていた。下の方に輪回しをする少女が描かれている有名な絵だ。『探偵小説の「謎」』は、それをトリミングして使っていたわけだ。

この本はロングセラーで、後に豚の絵を使ったカバーになった。現代風に替えようという編集部の判断だろう。かつての版に慣れ親しんだ者には、納得できない改変だった。

本は残ったが古いカバーはいつの間にか、どこかに行ってしまった。それを知った、新保博久氏が、

「これをどうぞ」

と、カバーのカラーコピーをくださった。旧友の写真を貰ったように懐かしく、あ

りがたかった。確かにあのキリコの絵だ。しかし、どうも全体に暗い。背表紙の色は黒。これも記憶と違う。

さて、神保町を歩いていたら、この『探偵小説の「謎」』が三冊、並んで出ていた。キリコの絵の黒背表紙、キリコの絵の薄紅背表紙、そして豚の絵。並んでいるのは珍しい。バージョン違いを集めていたマニアが、売りに出したのだろうか。わたしの記憶に近い薄紅版、昭和三十三年の第九刷を買った。ちなみに、うちの本は昭和三十八年の第十八刷である。

新保氏に、このことを話したら、たちどころに、

「初版は黒背表紙。――後の版が、薄紅になります」

マニアだなあ。

シンガポールの桜

NHKの『探検バクモン』という番組がある。爆笑問題が進行役。先日、薬師寺東塔の修理が取り上げられた。東塔は、フェノロサが《凍れる音楽》と評したことで知られる、奈良時代初期の建築だ。

解体して、その土台の調査をしていたら、教科書にも登場する、《和同開珎》が八枚出て来たという。奈良時代から時を越えて届いたかのようだ。

印象深かったのはそれが、掘り出した時には綺麗な赤銅色に輝いていたのに、見る間に酸化し、十分と経たないうちにくすんだ色になってしまった――ということだ。「浦島太郎」のラストシーン、《たちまち太郎はおじいさん》を思わせる。

これで思い出した一節が、実はまだほかにある。吉村昭が書いた『昭和歳時記』中の「桜」に、陸軍主計中尉進藤次郎氏の回想が紹介されている。

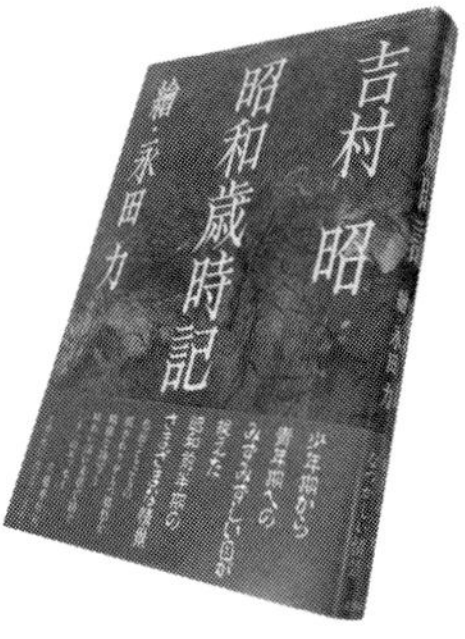

同盟国ドイツと連絡を取ろうとしても、すでに制海権を断たれていた頃、《東京から日本軍占領地域のシンガポールまで飛び、そこを出発地として一万二千キロの航程をへてドイツのベルリンまで行こうという》計画が立てられた。

ところが、それだけの長距離飛行の出来る機種はない。そこで、キ七七型という飛行機二機が試作され、まず一号機が南進、十九時間十三分かけて、シンガポールのテンガ飛行場に着陸した。

「機内から日本内地の鯛や名産品が運び出されてきましてね。飛行場は沸き立ちました」

と、氏は当時のことを思い出すような眼をして私に言った。

さらに氏は眼を輝かせて、

「その後から、蕾がびっしりついた山桜の枝が出てきたんです。それで飛行場は一層沸き立ったんですが、この桜の蕾が、半気密の機内から突然シンガポールの暑い空気にふれたので、まさに瞬間的に一斉に開花したんですよ。思いもかけぬことで、感動しましたね。その花が見事で美しく、眼をうるませている人もいました」

見るとは思えなかった時、所で、不思議な音楽が鳴り出すかのように開き出す、桜の蕾。明日知れぬ日々の中で、それは確かに皆の胸を突いたろう。一瞬に、故郷の空のもとで、桜を見上げた日々をも思い返させたことだろう。

速回しは、映画やテレビの画面にしか現れないもののように思えるが、こうして現実にも起こり得る。

さて、この一号機には欠陥があり、ドイツへの飛行には二号機が使われた。昭和十八年七月七日午前八時十分（日本時間）、機影はテンガ飛行場から西の空へ飛び立ち、やがて消えた。

同機は途中で消息を絶ち、どうなったかは、今も不明だという。

何が本論か

新宿紀伊國屋書店で、お話をさせていただいたことがある。控室の壁に、創業者田辺茂一の肖像画がかかっていた。かつては広く知られていたが、現代の若者にはなじみが薄いかも知れない。

『義孝対談◎ひと筋の人』(平凡社)は、題の通り、ドイツ文学者高橋義孝の対談集。その中に、田辺茂一が登場する。

駄洒落好きの人は珍しくないだろう。だが、田辺のそれは尋常ではない。対談のタイトルが「洒落のめし人生」。まず、七十を過ぎてトイレが近くなったといい、《七十の手洗い》。——洒落を解説するほど馬鹿馬鹿しいことはないけれど、念のためにいうなら、晩学のことを《六十の手習い》というのである。続いて、乾杯の話になると、《連合カンパイ》——これはいいですね。などと、とどまるところを知らない。

そういう田辺が、講演を頼まれて北海道に行った。お酒も入り気分も乗り、《一時間の講演を三十分、枕だけでやっちゃったんだ。あとの三十分を凝縮してるから、なおいいわけなんだ》。会心の出来だった。上機嫌で控室に戻り、《よかったでしょ》と自慢気にいっても誰も返事をしない。おかしいなと思ったら、《いつ始まるのかと思って冷や冷やしてた》。

田辺　本論に入らなければ始まらないと思ってる。こっちは枕のほうがよっぽど一所懸命なんだ。それでよくできたと思っている。さっきの「七十の手洗い」やなんかやってたわけだ。だめなんだね、それ。（中略）馬鹿にしてるように思ってんだな。いつ始まんのかわかんないって。そういうのありますね。

高橋　付き合いにくいですわね。

田辺　まったく付き合いにくい。

それが田辺茂一の《型》であり、味なのだ。立川談志は、田辺と親しかった。枕が長くなった時、《ちゃんとやってよ》と声をかけた若い客がいた。早く《本論》に、古典落語に入ってくれといったのだ。談志は激怒し、《その客に金を返し、出て行ってもらえ》と指示した。談志を愛する客なら、その《型》をも愛する筈だ。だが田辺の芸風が、日本中で広く認知されているとはいえないだろう。

講演の魅力とは、文章で読めば分かるような《本論》を聞くことではない——と、わたしは思う。話すその人と同じ時間空間を共有する。そこに意味がある。壇上にいるのが心から愛する人なら、かつて高座で話しているうちに寝てしまったという古今亭志ん生のように、いびきをかいていても《いいもの見ちゃったなあ》と満足して帰れる。そういうものではないか。

しかしながら、多くの客は《本論》を求めるし、志ん生ほどの魅力を持った講演者も少ないだろう。

難しいところだ。

サイデンステッカーと落語

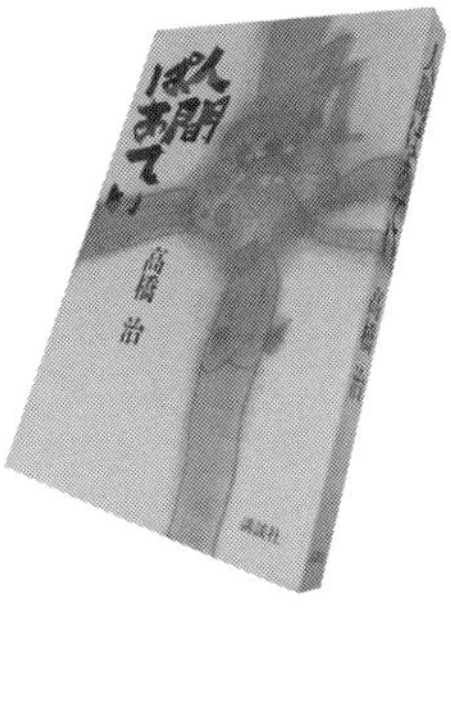

柳家喬太郎さんとトークをする機会があり、そこで、わたしはこういった。

「『雪国』や『源氏物語』を英訳したサイデンステッカーさんも、落語で、こなれた日本語を身につけたそうですよ」

だが、出典が分からない。

その四日後、出先で読む本が途中で終わりそうなので、積んである段ボール箱を何の気なしに開き、

――読んだような気もするな。

と思いつつ、高橋治の『人間ぱあてぃ』（講談社）を手に取った。

電車の中で前の本を読み終わり、それでも安心と『人間ぱあてぃ』を開いた。すると目次に並んだ人名の中に、サイデンステッカー。

すっかり忘れていた自分にも驚くが、それよりも、トークの数日後にこれを手にしたことにびっくりした。

高橋がサイデンステッカーと出会ったのは、大学の『奥の細道』の講義の時間。五分ほど遅れて来た外国人が隣に座った。進駐軍が講義の検閲に来たのかと思った。そういう頃だった。すると、その男が、

「今の、この講義は、教科書のなんページですか」

馬があい、それから付き合いが始まった。教科書的ではない日本語を身につけるには――と渡したのが、桂文楽の速記本。ところが翌日、サイデン氏は深刻な顔で、

「あの本はゼンゼン読めません。私は自分の日本語に全く自信がなくなりました」


彼は硫黄島攻略の海兵隊の通訳を経て、日本に来て数年になる。だが、その生活の中に、若旦那、勘当、船宿、吉原などというものは、かけらもありはしない。

これはテキストを変えた方が良いと私はいった。しかし、そこが学者が並みの人と違うところなのだろう。

「この本を読みたいです。勉強しますから、教えて下さい」

サイデンステッカーはそういい出した。後になって、しみじみと二人で話したが、

この選択は全く正しかったのである。なぜなら、日本語を勉強すると同時に、文化人類学、社会学、民俗学、時代考証なども並行して学ぶ結果になったからだ。

サイデン氏の《生きた日本語もメキメキ上達》、やがて寄席に行って大笑いするようになったという。ひょっとしたら、落語がなかったら『雪国』の名訳もなく、川端康成のノーベル賞受賞もなかったかも知れない。

そこで思う。時の流れがあまりに速くなり、生活が変わり、当たり前の日本語が、どんどん通じなくなっている。

明治の文章どころか、大正、昭和のそれまで読めないようでは、あまりに寂しい。そんな今、落語が、日本語の豊かさを、楽しくとどめる歯止めのひとつになるのではないか。

初出
「別冊文藝春秋」二〇〇六年七月号〜二〇一五年三月号
「本の雑誌」二〇一五年五月号〜二〇一七年七月号

あとがき

本とは、まことに不思議なものです。ページを開けば、自分を待っている文章と巡り合う。ところが時として、その得難い言葉の数々が、手からこぼれる水のように逃げ去ってしまいます。

わたしは日記を書きません。記録がない。残っているのが、きらきらした輝きの記憶だけだったりします。後から、手を伸ばしてもつかまえられない。まことにもどかしい。

そういうわけで、この連載のご依頼をいただいた時、(申し訳ない話ですが)まず自分のために喜びました。

それが今、一冊の本としてまとまります。私が見た水の記憶が、この中にきらめいているなら幸いです。

北村　薫

北村薫（きたむら・かおる）

1949年、埼玉県生まれ。早稲田大学第一文学部卒業。大学時代はミステリ・クラブに所属。高校で教鞭を執りながら執筆を開始。89年『空飛ぶ馬』でデビュー。91年『夜の蟬』で日本推理作家協会賞受賞。2006年『ニッポン硬貨の謎』で本格ミステリ大賞〈評論・研究部門〉を受賞。09年『鷺と雪』で直木賞受賞。16年日本ミステリー文学大賞受賞。〈円紫さんと私〉シリーズ、〈中野のお父さん〉シリーズ、〈時と人〉三部作、〈いとま申して〉三部作など著書多数。アンソロジーやエッセイ、評論にも腕をふるう〈本の達人〉としても知られている。

ユーカリの木の蔭で

二〇二〇年五月二十日　初版第一刷発行

著　者　北村　薫
発行人　浜本　茂
印　刷　中央精版印刷株式会社
発行所　株式会社　本の雑誌社
〒101-0051
東京都千代田区神田神保町一-三十七　友田三和ビル五F
電話　03（3295）1071
振替　00150-3-50378

定価はカバーに表示してあります
ISBN978-4-86011-442-8　C0095